DIE KNICKERBOCKER BANDE

Thomas C. Brezina

HINTER DER VERBOTENEN TÜR

Krimiabenteuer Nr. 46

Mit Illustrationen von Jan Birck

Ravensburger Buchverlag

DIE KNICKERBOCKER BANDE

STECKBRIEFE

HALLO,
ALSO HIER MAL IN KÜRZE
DAS WICHTIGSTE ÜBER UNS:

POPPI

NAME: Paula Monowitsch
COOL: Tierschutz
UNCOOL: Tierquäler, Angeber
LIEBLINGSESSEN:
Pizza (ohne Fleisch,
bin Vegetarierin!!!)
BESONDERE KENNZEICHEN:
bin eine echte Tierflüsterin –
bei mir werden sogar Pitbulls
zu braven Lämmchen

DOMINIK

NAME:
Dominik Kascha
COOL: Lesen, Schauspielern
(hab schon in einigen Filmen und
Theaterstücken mitgespielt)
UNCOOL: Erwachsene, die einen bevormunden
wollen, Besserwisserei (außer natürlich, sie kommt
von mir, hähä!)
LIEBLINGSESSEN: Spaghetti
(mit tonnenweise Parmesan!)
BESONDERE KENNZEICHEN:
muss immer das letzte Wort haben und kann so
kompliziert reden, dass Axel in seine Kappe beißt!

AXEL

NAME: Axel Klingmeier
COOL: Sport, Sport, Sport (Fußball und vor allem Sprint, bin Schulmeister, habe sogar schon drei Pokale gewonnen)
UNCOOL: Langweiler, Wichtigtuer
LIEBLINGSESSEN:
Sushi … war bloß ’n Witz (würg), also im Ernst: außer Sushi alles! (grins)
BESONDERE KENNZEICHEN:
nicht besonders groß, dafür umso gefährlicher (grrrrrr!)

LILO

NAME: Lieselotte Schroll (nennt mich wer Lolli, werde ich wild)
COOL: Ski fahren, Krimis
UNCOOL: Weicheier, Heulsusen
LIEBLINGSESSEN:
alles, was scharf ist, thailändisch besonders
BESONDERE KENNZEICHEN:
blond, aber unheimlich schlau (erzähl einen Blondinenwitz und du bist tot …)

Bibliografische Information der Deutschen Nationalbibliothek:

Die Deutsche Nationalbibliothek verzeichnet diese Publikation
in der Deutschen Nationalbibliografie.
Detaillierte bibliografische Daten sind im Internet
über *http://dnb.d-nb.de* abrufbar.

FSC
Mix
Produktgruppe aus vorbildlich
bewirtschafteten Wäldern und
anderen kontrollierten Herkünften

Zert.-Nr. SGS-COC-001940
www.fsc.org
© 1996 Forest Stewardship Council

Das für dieses Buch verwendete FSC-zertifizierte Papier
liefert Arctic Paper Mochenwangen GmbH

1 2 3 4 5 14 13 12 11 10

Umschlagillustration: Jan Birck
Printed in Germany
ISBN 978-3-473-47160-7

www.ravensburger.de
www.thomasbrezina.com
www.knickerbocker-bande.com

INHALT

DER SELTSAME KAPITÄN

Das offene Boot hüpfte wie ein flacher Kieselstein über die Wellen. Die See war rau und immer wieder kam die Schiffsschraube aus dem Wasser. Sie drehte sich dann in der Luft und erzeugte dabei ein jaulendes Geräusch.

Dominik warf einen besorgten Blick zum Himmel. Dicke graue Wolken hingen tief herab. Sie wirkten wie mächtige Säcke voll Wasser.

Der Mann am Steuerrad starrte mit zusammengekniffenen Augen stur geradeaus. Der Fahrtwind peitschte ihm ins Gesicht und drückte sein hellblondes, kurzes Haar glatt an den Kopf.

Lilo beschäftigte seit ihrer Abfahrt aus Stockholm ein Gedanke: Wieso wirkte das Gesicht des Mannes so unwirklich? Das musste mit seiner Haut zu tun haben, die faltig und völlig bartlos war.

Der Mann hatte sich den vier Mitgliedern der Knickerbocker-Bande als Knut vorgestellt, als er sie vom Bahnhof in Stockholm abgeholt hatte. Er sollte sie auf eine der kleinen Inseln bringen, die ungefähr dreißig Kilometer vor der Küste lagen.

Diese Inseln hießen Schären und es gab davon sehr, sehr viele. Manche waren so winzig, dass nur ein einziges Haus darauf Platz hatte.

Bisher hatte Knut kaum ein Wort mit den Freunden gesprochen. Wahrscheinlich ist sein Deutsch nicht gut genug, vermutete Lilo.

Obwohl es Mitte Juli war, froren Axel, Lilo, Poppi und Dominik erbärmlich. Die Luft war kalt wie im Spätherbst. Die Gischt hatte die vier bereits völlig durchnässt. Sie trugen nämlich keine Regenjacken.

Auf dem Bahnhof hatte Knut nur ein einfaches Pappschild hochgehalten, auf dem die Namen der Knickerbocker standen.

Er hatte bei dieser ersten Begegnung ausgewaschene Jeans und zwei Schlabberpullis übereinander angehabt.

Im Hafen hatte er wortlos eine gelbe Hose aus wasserdichtem Material und eine dazu passende weite Regenjacke angezogen. Die Detektive hatten sich ein wenig gewundert, dass er ihnen keinen Regenschutz anbot.

So ein Muffel!, hatte sich Poppi gedacht.

Die grauen Wolken schienen immer schwerer zu werden. Dabei war es erst früher Nachmittag. Schon fielen die ersten Regentropfen. Und bald ging ein Platzregen nieder, der einen dichten Vorhang um das Boot bildete.

Knut musste das Tempo zurücknehmen, weil er kaum noch zehn Meter weit sah. Er griff zum Funkgerät und gab auf Schwedisch etwas durch. Da keinem der Knickerbocker die Landessprache vertraut war, verstanden sie kein Wort.

Poppi zitterte bereits am ganzen Körper.

Lilo klopfte Knut auf die Schulter, aber er reagierte nicht. Sie wagte einen zweiten Versuch – und erschrak: Knuts Körper erschien ihr wie eine knochenlose, federnde Masse.

Noch immer drehte sich der Mann nicht um, sondern gab nur ein fragendes „Hä?“ von sich.

„Wir brauchen Regenjacken oder Decken! Wir erfrieren ja!“, beschwerte sich das Superhirn der Bande.

Knut nickte, unternahm jedoch nichts.

„He, haben Sie mich etwa nicht verstanden? Uns ist eiskalt. Wir holen uns den Tod!“, schrie Lilo durch den Lärm des Motors und das Rauschen des Regens.

Knut starrte weiter durch die schräge Windschutzscheibe des Motorbootes. Die Scheibenwischer bewegten sich quietschend hin und her, konnten das Wasser aber nicht mehr bewältigen. Knut musste über die Kante der Scheibe schauen, um etwas erkennen zu können.

„Haben Sie keine Abdeckung? So sagen Sie doch was!“, brüllte Lilo.

Keine Antwort.

In Lilo stieg Wut auf. Sie biss die Zähne zusammen und ballte die Fäuste. Schließlich packte sie Knut am Arm. „Verdammt noch mal, wieso stellen Sie sich taub? Was soll der Quatsch? Wollen Sie, dass wir unsere Ferien mit Fieber im Bett verbringen?“, tobte sie.

Wieder spürte Lilo dieses eigenartige Gefühl unter den Fingern. Da war kein Muskel! Da war auch keine Haut!

Knut war durch nichts zu beeindrucken. Er legte die rechte Hand auf den Gashebel und drosselte etwas die Geschwindigkeit.

Das Boot wurde von einer Welle in die Höhe geschleudert und knallte hart in das Tal dahinter. Lilo verlor die Balance und stürzte zu Boden.

Als sie sich wieder gefangen hatte, machte sie eine schaurige Entdeckung: Von Knuts Wange hing ein Hautfetzen herab. Darunter kam etwas Gelbliches, Bleiches zum Vorschein. War das ein blanker Backenknochen?

Wer war der Mann?

Knut legte den Leerlauf ein. Das Boot wurde nun wie eine Nussschale hin und her geschaukelt. Der

Regen prasselte wie ein Trommelfeuer auf das Deck nieder.

Mit einer Handbewegung gab der Seemann den Knickerbockern zu verstehen, dass sie zu ihm kommen sollten. Dabei drehte er sich aber nicht zu ihnen um, sondern starrte weiter geradeaus.

Die vier erhoben sich und spürten, wie sehr ihnen die Kälte zu schaffen machte. Ihre nassen Klamotten hatten sich in eisige Panzer verwandelt. Mit steifen Schritten traten sie näher.

„Was ist?“, wollte Axel wissen. Er klang mehr als sauer.

Knut bedeutete ihnen mit einer Handbewegung, ganz nach hinten zu gehen.

„Der spinnt!“, stellte Lilo fest.

Die vier Detektive stapften breitbeinig zum Heck des Bootes. Sie hatten Mühe, das Gleichgewicht zu halten.

POPPI VERSCHWINDET

Knut warf einen kurzen Blick in den Spiegel, der in der Mitte der Scheibe angebracht war. Er vergewisserte sich, dass die vier ganz hinten standen, und zog den Gashebel dann bis zum Anschlag durch.

Das Boot bäumte sich auf und die Knickerbocker wurden über Bord geschleudert. Sie stürzten in die eisigen Fluten. Die Wellen schlugen über ihren Köpfen zusammen.

Die Schiffsschraube!, dachte Lilo entsetzt. Eine Schiffsschraube konnte für Schwimmer zu einem lebensgefährlichen Fleischwolf werden.

Vor ihr wurden die Fluten aufgepeitscht. Selbst unter Wasser war das Dröhnen des Motors und der Schiffsschraube laut zu hören.

Lilo spürte etwas Schweres, was sich an ihr Bein klammerte und sie in die Tiefe zerrte. Sie strampelte und versuchte, das Gewicht abzuschütteln. Sie schlug mit den Armen um sich und merkte, wie ihre Atemluft knapp wurde. Schon drang das kalte Salzwasser in ihre Nase und ihren Mund. Sie musste schnell an die Oberfläche! Doch ihre Klamotten waren wie Blei. Sie musste Luft holen, wusste jedoch nicht mehr, wo oben und unten war. Sie trat nach dem Gewicht an ihrem Bein und fühlte erleichtert, wie es sich löste.

Lilos Vater, der ein erfahrener Bergsteiger war, hatte ihr oft eingehämmert, wie wichtig es ist, in solchen Situationen Ruhe zu bewahren. Lilo machte ein paar kräftige Schwimmbewegungen und spürte, wie sie durch das Wasser glitt. Die Wellen teilten sich und sie streckte den Kopf in den Regen. Nachdem sie das Salzwasser ausgehustet hatte, atmete sie tief ein.

Wo waren ihre Freunde?

Neben ihr schoss Dominik in die Höhe. „Du blöde Kuh!“, schimpfte er. „Du hast mich getreten.“ Er war also das rätselhafte Gewicht gewesen.

Rechts von sich erkannte Lilo Axel. Aber Poppi blieb verschwunden.

„Poppi! Poppi!“, brüllte Lilo aus Leibeskräften.

„Runter!“, schrie Axel.

Lilo bemerkte es im letzten Augenblick: Das Motorboot raste genau auf sie zu. Sie sah den scharfen Bug wie ein weißes Messer auf sich zukommen. In der nächsten Sekunde ließ sie sich wie ein Stein in die Tiefe sinken. Und das Motorboot donnerte über sie hinweg.

Lilo öffnete die Augen. Sie sah, dass sich der Schatten des Bootes schnell entfernte.

Wieder kämpfte sich die Anführerin der Knickerbocker-Bande nach oben und atmete keuchend durch.

„Poppi! Poppi!“, schrie sie, musste aber gleich schrecklich husten.

Das schreckliche Dröhnen des Motorbootes näherte sich abermals.

Wollte Knut die Detektive umbringen?

„In Deckung!“, brüllte Lilo Dominik zu, der neben ihr mit den Armen verzweifelt auf das Wasser schlug, als wolle er nach Halt suchen.

„Nein, nicht mehr runter!“, stammelte er. Dominik war aschfahl im Gesicht. Der Schock und die Kälte schienen sein Denken völlig zu lähmen.

Lilo packte ihn, hielt ihm die Nase zu und zog

ihn mit sich nach unten, damit er nicht vom Boot gerammt wurde.

Kaum war es wieder fort, schob ihn Lilo nach oben. Sie spürte ihre Kräfte schwinden. Die Kälte umklammerte sie wie eine Faust.

Röchelnd versuchten sich Lilo und Dominik an der Wasseroberfläche zu halten. Panisch hielten sie nach dem Boot Ausschau. Kam es tatsächlich noch einmal zurück?

Axel kraulte prustend heran. „Ich ... ich kann nicht mehr ... ich sauf gleich ab ... ich schaff das nicht!", japste er verzweifelt.

Das Boot kreiste nun ungefähr zwanzig Meter von den drei Knickerbockern entfernt. Es fuhr jetzt langsamer und der Motor gab nur noch ein Tuckern von sich.

„Poppi? Wo ist Poppi?", krächzte Lilo, der das Salzwasser in der Kehle brannte.

Das jüngste Mitglied der Bande war und blieb verschwunden.

Auf einmal schrie Axel auf: Der Platz hinter dem Steuerrad des Bootes war leer!

KEINE SPUR VON KNUT

Da tauchte Poppis Kopf über der Bordkante auf. Sie kämpfte sich hoch und klammerte sich am Rand der Windschutzscheibe fest. Sie hatte große Mühe, sich auf den Beinen zu halten.

„Poppi, hier! Hier sind wir!", schrie Lilo durch das Rauschen des Regens.

Poppi winkte erleichtert.

Mit allerletzter Kraft schwammen die drei Knickerbocker auf das Motorboot zu. Poppi half ihnen an Bord. Völlig erschöpft plumpsten Axel, Lilo und Dominik an Deck.

Poppi durchwühlte die beiden Kisten, die es an Bord gab, und fand Decken, einen Overall und eine dicke Jacke.

„Los, raus aus den nassen Sachen. Schnell!“, sagte Lilo zähneklappernd.

„Spinnst du? Ich ziehe mich doch nicht nackt aus!“, protestierte Axel.

„Blödmann, ich schau dir schon nichts weg!“, fauchte Lilo. „Aber die nassen Sachen müssen runter!“ Sie machte den Anfang und schälte die triefenden Jeans und den Pulli von ihrem Körper. Mit der Decke rubbelte sie sich einigermaßen trocken und schlüpfte in den Overall.

Dominik und Axel hüllten sich in die Decken.

Zitternd und mit vor Kälte blauen Lippen kauerten die drei an Bord. Der Regen hatte etwas nachgelassen und das Boot schaukelte nun ruhiger auf den Wellen.

„Wo ist Knut? Was ist geschehen?“, platzte Lilo heraus.

Poppis dunkle Augen waren vor Schreck ganz groß. Stotternd berichtete sie: „Ich … ich bin gestürzt und habe mich festgeklammert. Und dann ist etwas … auf mich geflogen. Es war die gelbe Jacke von Knut. Als ich sie weggezogen habe, war er verschwunden. Seine gelbe Hose ist im Wasser getrieben. Und das Boot ist einfach weitergefahren. Dann habe ich eure Schreie gehört.“

Erst nachdem sie tief durchgeatmet hatte, konnte Poppi fortfahren: „Eine Schnur hat das Steuer mit dem Gashebel verbunden. Deshalb ist das Boot immer im Kreis gerast. Ich habe das Seil losgebunden und den Gashebel hochgeschoben, damit das Boot stehen bleibt."

„G-g-g-gut gemacht!", lobte Lilo.

An Steuerbord trieb die gelbe Plastikhose auf den Wellen. Sie sah aus, als würde jemand ausgestreckt auf dem Wasser liegen.

„Wo … wo ist Knut nur?", stammelte Dominik.

Lilo erhob sich und reckte den Hals. War er ertrunken?

Es gab eigentlich gar keine andere Möglichkeit.

Aber warum war er überhaupt ins Wasser gesprungen?

Das Tuckern eines Dieselmotors ertönte. Als die Knickerbocker in die Richtung blickten, aus der das Geräusch kam, entdeckten sie einen Fischkutter. Er hatte einen kleinen, schmalen Aufbau und war blau-weiß gestrichen.

„Hilfe!", schrie Lilo und winkte mit beiden Armen. „Hilfe!"

Der Kutter änderte sofort seinen Kurs und steuerte auf sie zu. Als er nur noch ein kleines Stück von ihnen entfernt war, verlangsamte er die Fahrt. Aus dem Aufbau trat ein hageres Männchen. Es formte die Hände zu einem Trichter und rief etwas auf Schwedisch.

„Wir sprechen Deutsch!“, brüllte Lilo.

„Ich auch!“, antwortete der Mann. „Ist etwas nicht in Ordnung bei euch an Bord?“

„Ja, wir brauchen Hilfe, schnell!“, schrie Lilo.

Geschickt legte der Mann längsseits an.

„Springt herüber, wir nehmen euer Boot ins Schlepptau!“, bot der Fischer an. Er trug eine Jacke aus öligem Filz und hatte den Kragen aufgestellt. Sein Gesicht wirkte wie eine eingetrocknete Kartoffel. Auf dem Kopf hatte er eine dunkle Schifferkappe, deren Schirm von seinen Augen fast nichts erkennen ließ.

Er half einem Knickerbocker nach dem anderen an Deck. Erstaunt musterte er die Decken von Axel und Dominik.

„Etwas kühl für heute, nicht?“, fragte er und sein Mund verzog sich zu einem kurzen Grinsen.

„Haben Sie etwas Wärmeres zum Anziehen?“, fragte Lilo zähneklappernd.

Nachdem er das Motorboot vertaut hatte, verschwand der Fischer durch eine Luke im Bauch seines Kutters. Mit einem Arm voll verdreckter Hosen und Hemden kehrte er zurück. Außerdem brachte er Ölzeug und Decken. Dankbar nahmen die vier Freunde die Sachen an. Auch Poppi konnte jetzt endlich ihre nassen Klamotten loswerden.

Der Fischer hob den Kopf. „Und wer hat euch erlaubt, hier draußen allein Motorboot zu fahren?“, fragte er streng.

Aus einer Thermosflasche goss er eine dampfende Flüssigkeit in einen Becher und reichte diesen den Detektiven.

Langsam begann Lilo zu erzählen, was sie erlebt hatten. Der Fischer hörte zu, ohne sie auch nur ein einziges Mal zu unterbrechen. Sein Erstaunen wuchs zusehends.

Als Lilo ihren Bericht beendet hatte, erkundigte er sich: „Zu welcher Insel wart ihr eigentlich unterwegs?“

„Zur Insel Saltkan“, antwortete Dominik.

Der Fischer zuckte zusammen, als hätten die Knickerbocker etwas Entsetzliches gesagt.

„Zur Insel der Kalten Schatten? Was wollt ihr dort?“, murmelte er.

DIE INSEL DER KALTEN SCHATTEN

„Ich würde die Insel niemals freiwillig betreten“, erklärte der Fischer.

„Aber wieso nicht?“, fragte Axel neugierig.

„Warum wollt ihr ausgerechnet auf diese Insel? Es gibt so viele andere hier! Was habt ihr denn auf der Insel der Kalten Schatten zu suchen?“

„Dort ist ein Ferienlager. Wissen Sie das nicht?“, sagte Axel.

Der Fischer kratzte sich am Kinn. Er überlegte kurz und meinte dann: „Unmöglich, auf Saltkan kann es kein Ferienlager geben. Niemand würde Kinder so leichtfertig in Gefahr bringen!“

Axel schluckte. Ein Irrtum war ausgeschlossen, völlig ausgeschlossen. Der Name der Insel war richtig. Schließlich hatte er sich und seine Kumpel für das Ferienlager angemeldet. Die Eltern der vier hatten die Anmeldung unterschrieben und bereits drei Tage später war die Bestätigung eingetroffen. Die Bande war in das Lager aufgenommen worden. Der Aufenthalt war kostenlos, die Eltern mussten nur für die An- und Abreise aufkommen.

Das Ferienlager wurde von einem Forschungsinstitut geleitet, das sich auf Gehirntraining spezialisiert hatte. Die Teilnehmer mussten einverstanden sein, jeden Tag mindestens vier Stunden zu üben. Das Training war – das wussten die Knickerbocker bereits – anstrengender und schwieriger als jeder Schulunterricht.

Warum sie trotzdem in das Ferienlager wollten, hatte einen ganz anderen Grund. Dagmar, eine Mitschülerin von Axel und Lilo, nahm daran teil. Sie hatte vor acht Tagen mitten in der Nacht bei Lilo angerufen und verzweifelt um Hilfe gebeten.

Lilo war an diesem Abend allein zu Hause gewesen und vor dem Fernsehapparat eingeschlafen. Das Klingeln des Telefons hatte sie geweckt, aber sie war nicht wirklich munter gewesen, als sie nach dem Hörer gegriffen hatte.

Dagmars Stimme hatte sie jedoch sofort erkannt,

obwohl das Mädchen am anderen Ende der Leitung fast flüsterte und sehr, sehr schnell sprach: „Keiner darf mich hören. Ich muss mich beeilen. Aber wenn das so weitergeht, dann … dann komme ich nie wieder von hier fort. Ich habe euch die Anmeldeformulare geschickt. Bitte, bitte, kommt schnell! Man kann jederzeit mit dem Training beginnen. Lasst mich nicht im Stich, sonst drehe ich durch. Ich werde wahnsinnig. Bitte, beeilt euch!"

Dagmar hatte aufgelegt, bevor Lilo auch nur eine Frage stellen konnte.

Gleich am nächsten Tag hatte Lilo mit Dagmars Mutter telefoniert, die jedoch nichts vom Kummer ihrer Tochter wusste. Dagmar hatte erst eine Karte geschickt, kurz nach ihrer Ankunft. Sie hatte in den höchsten Tönen von dem Ferienlager in Schweden geschwärmt.

Äußerst merkwürdig war, dass es auf der Insel gar kein Telefon gab. Dagmars Mutter konnte sich nicht erklären, von wo aus ihre Tochter angerufen hatte. Auf der Insel Saltkan hatten Handys keinen Empfang. Es gab auch keinen elektrischen Strom. Das machte den besonderen Reiz der Insel aus.

Am darauffolgenden Tag waren tatsächlich die Anmeldeformulare für die Knickerbocker-Freunde eingetroffen. Dagmar hatte einen begeisterten Brief beigelegt.

Für die vier Detektive gab es keinen Zweifel: Da war etwas faul! Und Dagmar brauchte Hilfe.

Axel, Lilo, Poppi und Dominik waren mit dem Zug über Hamburg nach Stockholm gefahren. Wie vereinbart, hatte sie jemand am Bahnhof erwartet.

Der Fischer hatte sich ein gebogenes Pfeifchen angezündet und paffte energisch vor sich hin. Wiederholt schüttelte er den Kopf: „Nein, nicht nach Saltkan! Nicht nach Saltkan!“, brummte er.

„Wir werden aber dort erwartet. Wenn wir nicht kommen, verständigt die Leitung des Ferienlagers bestimmt die Polizei. Es kann doch nicht mehr so weit sein“, meinte Lilo.

Der Fischer deutete in den Nebel, der nun über dem Wasser lag: „Ungefähr eine Meile, Südsüdwest.“

„Sie müssen uns nur zu einer Anlegestelle bringen und aussteigen lassen, dann können Sie sofort weiterfahren“, versicherte Axel dem Mann. Auch er wollte dringend wieder festen Boden unter den Füßen haben.

Der Fischer seufzte. „Nein, niemals! Ich ... ich bringe euch weg. Ihr dürft nicht auf diese Insel!“

Ein Windstoß fegte über das Wasser und zerriss die Nebelschwaden. Gar nicht weit entfernt war am Horizont eine Küste zu erkennen.

Die geheimnisvolle Insel wölbte sich wie ein Pudding aus dem Wasser.

„Ist das Saltkan?", wollte Lilo wissen.

Der Fischer nickte.

„Bringen Sie uns jetzt hin oder nicht?", fragte Lilo noch einmal.

Als der Mann den Kopf schüttelte, fasste Lilo einen Entschluss. Sie wandte sich an Axel und fragte: „Kannst du das Motorboot steuern?"

Ihr Kumpel nickte.

„Gut!" Sie gab ihren Freunden mit dem Kopf ein Zeichen, ihr zu folgen.

Ohne auf die Proteste ihres Retters zu hören, stiegen die vier Knickerbocker hastig um und banden das Motorboot los.

Axel drehte den Zündschlüssel und der Motor sprang sofort an. Wie ein geübter Kapitän zog Axel den Gashebel zu sich und die Fahrt ging los.

„Ihr macht einen Fehler, einen riesigen Fehler! Kommt zurück!", brüllte der Fischer.

Der Nebel hatte sich wieder geschlossen, aber Dominiks Armbanduhr hatte einen Kompass. Als die Insel kurz zu sehen gewesen war, hatte er sofort die genaue Richtung festgestellt.

Nach nicht einmal zehn Minuten Fahrt tauchte eine felsige Küste vor ihnen auf. Die Klippen fielen steil ins Meer und die Wellen rollten mit lautem Donnern dagegen. Anlegen war an dieser Stelle unmöglich.

Axel warf das Steuer herum und fuhr die zerklüftete Küste entlang.

Den Felsen folgten bald saftige grüne Hänge, die sich fast bis zum Meer zogen und in schmale Sandstrände übergingen. Von Häusern oder einem Zeltlager war nichts zu sehen.

„Ein Leuchtturm!", meldete Poppi aufgeregt.

Auf einer Landzunge, die weit ins Meer ragte, stand ein riesiger Leuchtturm, der außer Betrieb zu sein schien. Wie ein mahnender Zeigefinger kam er den Freunden vor.

Dahinter entdeckten sie eine Hafenmauer, an der sich die Wellen brachen. Zwischen Landzunge und Mauer öffnete sich ein schmaler Kanal, durch den man in das Hafenbecken einfahren konnte.

Axel steuerte das Motorboot auf einen breiten Holzsteg zu und Lilo sprang an Land. Sie vertäute das Boot an einem Pfosten und ihr Kumpel stellte den Motor ab. Dominik und Poppi holten die prall gefüllten Reiserucksäcke unter der Bank an der Seite des Bootes hervor. Knut hatte sie dort verstaut, als sie an Bord gegangen waren.

„Mensch, da drin haben wir ja jede Menge trockener Klamotten! Dass uns das nicht eingefallen ist!", wunderte sich Dominik und verdrehte die Augen.

Axel fühlte sich sofort angegriffen und fauchte: „Und warum hast du nicht daran gedacht, Herr Oberschlau?"

„Lag wohl an der Unterkühlung meiner Gehirnzellen", meinte Dominik achselzuckend. „Ich habe diesen Zustand zum ersten Mal erlebt. Du aber scheinst damit Erfahrung zu haben."

Bevor die beiden übereinander herfallen konnten, schob sich Lilo dazwischen.

„Nur mit der Ruhe, meine Herren! Wir haben jetzt wirklich Wichtigeres zu tun, als eure dämlichen Machtkämpfe zu verfolgen!"

Endlich kletterten die Knickerbocker auf den Steg und schulterten die Rucksäcke.

Der Nebel hatte sich etwas gelichtet und sie konnten einige Hundert Meter weit sehen.

„Ist das wirklich Saltkan?", fragte Dominik.

VIERFACH VERRIEGELT

Lilo schwieg. Über ihnen kreisten laut kreischend Möwen. Das Motorboot schlug gegen den Steg. Und vor ihnen lag ein Hügel. Er stieg sanft an, und eine schmale Straße zog sich in mehreren Serpentinen vom Anlegesteg nach oben.

Auf der Hügelkuppe ragten einige Nadelbäume in den Himmel. Sie wirkten fast schwarz – wie einsame Wächter, traurige Wächter, die mutlos die Schultern hängen ließen.

„Ist die Insel überhaupt bewohnt?", fragte Dominik unsicher.

Da kein anderes Boot vor Anker lag und auch sonst keinerlei Lebenszeichen zu entdecken waren, sah es ganz und gar nicht danach aus.

„Vielleicht hat uns der Fischer eine falsche Insel gezeigt", meinte Poppi. Sie versuchte, nicht allzu ängstlich zu klingen.

Axel machte einen Vorschlag: „Wir gehen einmal auf den Hügel hinauf. Von oben haben wir sicher einen guten Blick über die Insel. Wenn wir keine Häuser und kein Lager sehen, brechen wir wieder auf – am besten gleich zurück nach Stockholm."

Die vier seufzten tief.

Sie waren erschöpft und hätten im Augenblick viel für ein trockenes Plätzchen gegeben, an dem sie sich hätten aufwärmen können.

Die Straße war nur geschottert. Die Schuhe der Detektive gaben bei jedem Schritt ein quatschendes Geräusch von sich – so nass waren sie.

Axel wollte überprüfen, ob in letzter Zeit ein Fahrzeug den Hügel hinauf- oder hinuntergefahren war, konnte aber keine Spur entdecken.

Selbst Lilo und Axel, die beide sehr sportlich waren, keuchten heftig, als sie endlich oben angekommen waren.

Unter ihnen lagen nun auf der einen Seite der winzige Hafen, der Leuchtturm und das Meer. Auf der anderen Seite fiel der Hügel sanft in ein grünes Tal ab. Nur hundert Meter weiter begann ein schimmerndes Birkenwäldchen, das alles verdeckte, was dahinterlag.

Der Weg vom Hafen auf den Hügel verschwand im Wäldchen.

„Los!“, entschied Lilo.

Dominik schüttelte energisch den Kopf. „Nein! Ich kann nicht mehr. Und wer garantiert uns, dass der Weg irgendwohin führt?“

„Ich!“, erwiderte Lilo.

Ihr Kumpel hob überrascht den Kopf.

Lilo zeigte auf die Wipfel der Birken, aber Dominik, Axel und Poppi verstanden nicht, was sie meinte.

„Hättest du die Güte, uns zu sagen, wieso du uns das garantieren kannst? Wir haben nämlich keine Lust auf eine Rätselstunde“, knurrte Dominik.

„Seht ihr denn den Rauch nicht? Dort hinten!“, erwiderte Lilo.

Poppi, Axel und Dominik setzten sich sofort in Bewegung.

Im Wäldchen dampfte es und von den Blättern der Birken tropfte das Wasser, als ein leichter Windstoß durch die Bäume strich.

Die Bande erhöhte das Marschtempo und erreichte endlich den Waldrand. Etwa dreihundert

Meter vor ihnen erhob sich ein mehrstöckiges Holzhaus. Die Wände waren rot, die Fensterstöcke, Türen und die Veranda schneeweiß. Rund um das Haus standen mindestens zwanzig große Zelte. Der Rauch kam aus dem Schornstein des Hauses und stieg in einer grauen Säule zum Himmel auf.

Menschen waren keine zu sehen.

„Wir scheinen doch richtig zu sein", sagte Dominik verwundert.

„Sieht ganz nach einem Ferienlager aus“, gab ihm Lilo Recht.

„Eher nach einem ausgestorbenen Ferienlager“, meinte Axel trocken.

„Schauen wir uns das Lager aus der Nähe an?“, fragte Poppi. Ihre Stimme klang verängstigt.

„Nein, wir vergraben uns hier in der Erde und schlafen eine Runde“, frotzelte Axel.

Lilo sah auf die Uhr. Es war kurz nach fünf am Nachmittag. Vielleicht hatten die Teilnehmer des Camps einen Ausflug unternommen …

Die vier stapften über die Schotterstraße auf das Gebäude zu.

Alle Fenster hatten Tüllgardinen, die zugezogen waren. Obwohl Lilo das Haus genauestens musterte, konnte sie kein Lebenszeichen entdecken. Auch in den Zelten war es völlig ruhig.

Axel verlor die Geduld. Er holte tief Luft und rief: „Hallo, wo steckt ihr denn alle?“

Keine Reaktion.

Axel rief noch einmal und unternahm nach einer kurzen Pause einen dritten Versuch.

Stille.

Dominik lief zum ersten Zelt und zog den Reißverschluss des Eingangs auf. Er schob die beiden

Hälften der Zeltwand auseinander und steckte den Kopf durch die Öffnung.

„Zwei Schlafsäcke, zwei Rucksäcke, ein ziemliches Chaos, jede Menge verschwitzte Klamotten, ziemlich strenger Geruch!", berichtete er mit gerümpfter Nase.

Die Knickerbocker untersuchten einige andere Zelte. Alle waren belegt, doch von den Bewohnern fehlte jede Spur.

Das Holz der Stufen zur Veranda knarrte laut, als Lilo nach oben ging. Auch die Bodenbretter des Vorbaus gaben ein schauriges Ächzen von sich.

Lilo klopfte an die Eingangstür und wartete.

Niemand zu Hause.

Sie drückte die Messingklinke herunter und stieß die Tür auf. Vor ihr lag ein Flur mit drei Türen. An der rechten Seite führte eine Treppe in die oberen Stockwerke.

„Hallo, ist da jemand?", rief Lilo. Ihre Stimme klang seltsam dumpf und leise. Lilo trat ein, Dominik folgte ihr. Sie durchquerten den Flur und klopften an die Türen.

Keine Antwort.

Sie öffneten die erste Tür und entdeckten eine geräumige Küche mit mehreren Kochstellen und großen Arbeitsflächen. Hinter der zweiten Tür lag ein weitläufiger Aufenthaltsraum mit langen Vorhängen, vielen abgewetzten Polstermöbeln, zwei Schaukelstühlen, mehreren Holzbänken und Flickenteppichen auf dem Boden. Die dritte Tür führte in eine Toilette. Lilo deutete mit dem Kopf nach oben und Dominik nickte. Stufe für Stufe stiegen sie die steile Holztreppe hinauf.

Als sie im ersten Stock anlangten, standen sie vor einem langen Gang mit zahlreichen Türen, von denen jede eine kleine Nummerntafel trug. Die Knickerbocker stellten fest, dass keine der Türen abgeschlossen war. Die Zimmer waren alle gleich eingerichtet: zwei truhenförmige Betten mit buntem Bettzeug, Tüllgardinen, ein weiß gestrichener Holzschrank, ein Flickenteppich, ein Tischchen, ein Stuhl und ein Spiegel. Es gab nur ein Bad und eine Toilette für das ganze Stockwerk.

Die zweite Etage glich der ersten aufs Haar. Eine leiterartige Treppe führte in den letzten Stock.

Die Wände im Dachgeschoss waren schräg. Das Licht fiel durch mehrere Luken und drei schmale Fenster in den Raum, der in zwei Hälften geteilt war. In der einen waren von einer Seite zur anderen Wäscheleinen gespannt.

In der Bretterwand, die die andere Hälfte abtrennte, gab es eine Tür, die mit vier Metallbändern verriegelt war. An jedem Metallband hing ein schweres Schloss.

Lilo schüttelte verwundert den Kopf. „Was soll denn das?“, murmelte sie.

Dominik zuckte mit den Schultern.

Sie gingen näher heran und Lilo ließ ihre Finger über die breiten Metallbänder gleiten. Jedes Schloss war zugeschnappt.

Merkwürdig, höchst merkwürdig …

Auf einmal sprang Dominik erschrocken einen Schritt zurück.

DIE VERBOTENE TÜR

„Ha-ha-hast du das gehört?“, stammelte Dominik.

„Was?“

„Hinter der Tür! Ein Schnauben! Als ob jemand heftig atmet! Als ob jemand fast erstickt!“

„Du spinnst ja!“, murmelte Lilo.

Oder hatte Dominik vielleicht Recht? Ihre Ohren waren noch immer voll Wasser. Lilo hatte dieses Problem meistens nach dem Schwimmen. Sie musste oft mehrere Minuten mit zur Seite gelegtem Kopf hin und her springen, um das Wasser aus den Ohren zu bekommen.

„Schon wieder!“, meldete Dominik entsetzt.

Hinter ihnen rief jemand etwas auf Schwedisch. Die beiden Knickerbocker drehten sich erschrocken um und sahen einen jungen Mann. Sein Gesicht war bleich und mit Sommersprossen übersät. Er hatte rötliches Haar und rötliche Bartstoppeln.

„Guten Tag! Wir … wir sind gerade angekommen", stammelte Lilo.

Der Mann schwieg.

„Sprechen Sie Deutsch?", fragte Lilo vorsichtig.

Stumm starrte der Mann sie an, als hätte er es mit Geistern zu tun.

„He, Sie! Hallo!"

Der Mann schüttelte den Kopf, als wollte er einen Gedanken verscheuchen. Er kniff die Augen einige Male zusammen und sagte dann: „Hier oben hat keiner etwas verloren. Im ganzen Haus steht alles offen, aber diese Tür bleibt immer verschlossen. Es ist verboten, das Dachgeschoss zu betreten. Es ist streng verboten zu lauschen oder zu klopfen."

„Warum?", wollte Dominik wissen.

„Das geht euch nichts an!" Der Mann drängte die Knickerbocker zur Treppe zurück. „Wehe, ihr wagt es noch einmal, hier heraufzukommen!"

„Wir gehen ja schon!", brummte Lilo.

Unten im Flur standen Axel und Poppi.

„Wir konnten euch nicht mehr warnen. Der Typ hat uns überrascht und damit gedroht, uns sofort nach Hause zu schicken, wenn wir nur einen Laut von uns geben!", flüsterte Axel entschuldigend.

Der Mann kam kurz nach Lilo und Dominik die Treppe heruntergelaufen. Sein Gang war federnd und er wirkte durchtrainiert und sportlich.

„Wo ist Eric?", wollte er wissen.

„Eric?" Die Knickerbocker hatten keine Ahnung, wen er meinte.

„Eric, der euch vom Bahnhof abholen sollte. Ihr seid doch die vier Neuen, nicht wahr?" Der Mann kramte einen zerknitterten Zettel aus der Tasche seiner weiten Hose und las: „Alexander, Lilo, Paula und Dominik."

„Axel!", korrigierte ihn der Detektiv.

„Und Poppi!", stöhnte seine Freundin. Sie hasste es, Paula genannt zu werden.

Lilo verschränkte die Arme und fragte: „Dürfen wir vielleicht erfahren, wer Sie sind?" Der rothaarige Mann sah Lilo scharf an. Seine Augenbrauen und sogar seine Wimpern waren ganz hell. Man sah sie nur aus der Nähe.

„Ich bin Ola, mir gehört das Hotel. Ich hatte auch die Idee mit dem Ferienlager. Hier geschieht, was ich sage, verstanden?"

Die vier Freunde verdrehten die Augen. Der Typ

war ja schlimmer als der schrecklichste Lehrer ihrer Schule.

„Wo ist Eric?“, wiederholte Ola seine Frage.

Die Freunde holten tief Luft und begannen dann von ihren Erlebnissen der vergangenen Stunden zu erzählen. Ola hörte schweigend zu. Seine Miene verfinsterte sich von Minute zu Minute.

„Unmöglich, das gibt es nicht!“, knurrte er. „Völlig ausgeschlossen.“

„Leider nicht“, sagte Lilo. „Wo sind eigentlich die anderen?“

„Sie sind mit Franziska auf Erkundungstour an der Nordküste. Ihr habt am Südufer angelegt.“

Vor dem Haus wurden Stimmen hörbar. Schuhe polterten über die Veranda. Die Eingangstür flog auf und Jungen und Mädchen stürmten herein. Alle waren ziemlich durchnässt.

„Wir lassen das Los entscheiden, wer zuerst ins Bad darf. Immer zwei und zwei zusammen!“, verkündete eine Frau mit langem, dunklem Haar.

Als sie die Knickerbocker bemerkte, wischte sie sich an der Hose die Hände ab und streckte ihnen dann die Rechte zur Begrüßung entgegen.

„Willkommen, ich bin Franziska“, sagte sie und lächelte breit. Ihr Deutsch war akzentfrei.

Ola starrte nachdenklich vor sich hin und schüttelte den Kopf. Flüsternd begann er Franziska zu berichten, was er gerade erfahren hatte.

Lilo entdeckte zwischen den Jungen und Mädchen Dagmar und winkte ihr zu. Dagmar war das genaue Gegenteil von ihr: ziemlich klein und beinahe pummelig, und sie hatte dunkles, gelocktes Haar.

Sie war sehr beliebt in ihrer Klasse. Dagmar galt als Stimmungskanone, die mit ihren witzigen Kommentaren alle zum Lachen bringen konnte.

„Hallo, Dagmar, wir sind da!“, rief Lilo ihrer Schulfreundin zu.

Dagmar lächelte schwach, winkte aber nicht einmal zurück. Sie kam auch nicht zu den vier Freunden, sondern sah einfach weg, als sei ihr die Begegnung unangenehm.

Axel blieb der Mund offen stehen. „Ich glaube, die hat sie nicht mehr alle!“, schnaubte er. „Wir kommen nur ihretwegen auf diese Insel, auf der sogar in den Ferien gebüffelt wird. Dann werden wir von einem Zombiekapitän fast ertränkt und von seinem Boot beinahe zerstückelt, können uns mit letzter Kraft an Land retten – und sie tut so, als würde sie uns nicht einmal kennen!“

Lilo legte ihm beruhigend die Hand auf den Arm. „Reg dich ab, mit der stimmt etwas nicht! Schau dir ihr Gesicht an!“

Axel musste Lilo Recht geben. Dagmar war ungeheuer blass und hatte tiefe dunkle Ringe unter den Augen.

Franziska musterte Lilo und Axel von Kopf bis Fuß. „Ich glaube, ihr und eure Freunde habt eine heiße Dusche am dringendsten nötig“, stellte sie fest. „Los, das einzige Bad ist im ersten Stock! Nach dem Duschen bitte mit dem Handtuch alles sauber machen!“

„Das kann ja heiter werden“, knurrte Dominik. „Ich komme mir wie in einer Besserungsanstalt für schlimme Kinder vor.“

Lilo sah sich noch einmal nach ihrer Freundin um. Das Mädchen wich ihrem Blick aus und wandte sich sofort ab.

Was war nur mit Dagmar los?

NÄCHTLICHE VERFOLGUNG

Es war acht Uhr, als endlich alle Teilnehmer des Feriencamps geduscht hatten. Gemeinsam stellten sie nun im ersten Stock auf dem Gang Klapptische auf. Sie bildeten eine lange Tafel, an der das Abendessen eingenommen werden sollte.

Die heiße Dusche hatte den Detektiven gutgetan. Nie zuvor waren ihnen trockene Klamotten so herrlich vorgekommen wie an diesem Abend.

Franziska erklärte ihnen noch vor dem Essen die Regeln des Ferienlagers:

„Punkt eins: Alle hören auf das Kommando von Ola und Franziska. Was sie sagen, gilt.

Punkt zwei: Neben den Trainingsstunden gibt es auch jede Menge Freizeit. An vier Tagen der Woche gestalten Franziska und Ola das Programm, an drei Tagen dürfen die Campteilnehmer tun, was sie wollen. Sie müssen aber immer mindestens zu zweit sein und sich bei Franziska abmelden.

Punkt drei: Sofern möglich, wird im Freien übernachtet. Streiche und Scherze nach dem Lichtausmachen sind unerwünscht.

Punkt vier: Mindestens zwei Karten müssen pro Woche nach Hause geschickt werden.

Punkt fünf: Es ist strengstens verboten, das Dachgeschoss zu betreten, sich der verriegelten Tür zu nähern oder gar daran zu lauschen."

Dieses Verbot klang für die Knickerbocker-Bande fast wie eine Einladung. Es musste sich etwas höchst Geheimes hinter dieser Tür befinden. Die Neugier der Detektive war entfacht.

Das Abendessen bestand aus belegten Broten. Sie wurden auf großen Platten aus der Küche gebracht und dufteten lecker. Hungrig machten sich die vier Freunde darüber her.

Während des Essens musterte Axel die anderen Teilnehmer des Camps. Fast alle waren in seinem Alter.

„Alles Streber!", flüsterte Axel Lilo zu.

Das Superhirn nickte grinsend. Die Jungen und

Mädchen wirkten entsetzlich brav und langweilig. Sie aßen schweigend, nahmen nie den Mund zu voll, kauten mit geschlossenen Lippen und wischten sich mit der Serviette jeden Krümel ab. Ihre Förmlichkeit erinnerte Lilo an Roboter.

Dagmar saß am anderen Ende der langen Tafel. Sie starrte verkrampft auf ihren Teller und sah nicht ein einziges Mal zu den Knickerbockern hinüber.

Nach dem Essen zeigte Franziska den Freunden, welche Zimmer ihnen zugeteilt worden waren. Die Jungen schliefen im zweiten Stock, die Mädchen im ersten.

Bereits um halb zehn war Nachtruhe angesagt. Dabei war es draußen noch taghell. Keiner der vier Knickerbocker konnte einschlafen, obwohl sie hundemüde und erschöpft waren. Unruhig wälzten sie sich hin und her.

Axel hielt es schließlich im Bett nicht mehr aus. Er schlüpfte in seinen Jogginganzug und seine Sportschuhe und verließ das Zimmer.

„Wohin gehst du?", fragte Dominik ihn leise.

„Ich muss etwas trinken", erwiderte Axel ebenfalls flüsternd. Auf Zehenspitzen schlich er die Treppe hinunter.

Die Teilnehmer des Camps waren wirklich ganz

folgsam. Aus keinem der Zimmer drang auch nur das leiseste Kichern. Unter keiner Tür blitzte ein Lichtschein auf. Alle schienen zu schlafen.

Im Erdgeschoss brannte nur eine schwache Petroleumlampe. Sie verbreitete ein schummriges, orangefarbenes Licht.

Axel wollte gerade die Tür zur Küche öffnen, als er aus dem Aufenthaltsraum Stimmen hörte. Die Tür stand einen Spalt offen. Auf Zehenspitzen schlich er näher und spähte in das Zimmer, das von Kerzen erhellt wurde.

Franziska und Ola saßen einander in zwei wuchtigen Lehnstühlen gegenüber. Sie unterhielten sich mit gesenkter Stimme, schienen aber sehr aufgebracht zu sein. Da sie schwedisch sprachen, verstand Axel nichts.

Immer wieder klopfte Ola mit den Fingern auf seine Armbanduhr. Er sprang auf, rannte zum Fenster, zog die Gardinen zur Seite und starrte nach draußen.

Franziska sagte etwas zu ihm, dem er zustimmte. Er schlüpfte in eine Jacke und rannte auf die Zimmertür zu.

Axel stockte der Atem. Es blieb keine Zeit mehr, sich zu verstecken.

Ola fasste nach der Klinke und zog die Tür auf.

Axel wich zurück und schmiegte sich an die Wand.

Das Licht aus dem Zimmer fiel genau auf ihn. Er fühlte sich wie im Scheinwerferlicht einer Bühne.

Franziska rief Ola etwas zu, woraufhin er zu ihr zurückkehrte.

Axel atmete erleichtert auf und hastete hinüber zur Küche. Kaum war er eingetreten, hörte er schon den jungen Mann mit großen Schritten durch den Flur eilen.

Die Eingangstür ging auf und zu. Dann knarrten die Bohlen der Veranda.

Wohin wollte Ola mitten in der Nacht?

Axel beschloss, ihm zu folgen. Es blieb keine Zeit, seine Kumpel zu verständigen.

Es gelang ihm, die Eingangstür fast lautlos zu öffnen und wieder zu schließen. Die Luft war kühl und Nebelschwaden schwebten wie Geister über die Wiese.

Axel sah, wie Ola auf das Birkenwäldchen zusteuerte. Wollte er zum Hafen?

Seltsam – er hatte später nicht mehr nach Eric gefragt! Er hatte sich nicht einmal nach dem Boot erkundigt!

Mit eingezogenem Kopf rannte Axel über die Wiese und auf den Wald zu. Obwohl er Ola nicht sah, wusste er genau, wo dieser war. Der Schwede hatte einen energischen Schritt, der den Schotter der Straße laut knirschen ließ.

Olas Ziel war tatsächlich der Hafen, wo er das Motorboot gründlich untersuchte. Er holte einen starken Handscheinwerfer aus einem Fach und leuchtete damit Stück für Stück des Bootes ab.

Axel stand auf der Kuppe des Hügels. Er hatte sich hinter einem Baumstamm versteckt und ein Minifernrohr aus der Tasche gezogen.

Ola trat nun auf den Steg und wischte sich mit der Hand über das Gesicht. Er schien nachzudenken. Dann lief er zum Ende des Anlegestegs. Dort blieb er stehen und starrte in die Nebelwand, die über dem Meer lag. Schließlich wanderte sein Blick zum Leuchtturm.

Er stutzte.

Im Laufschritt stürmte er vom Steg auf die Landzunge hinaus, auf der sich der Leuchtturm erhob. Er stieß die Tür auf und leuchtete mit dem Handscheinwerfer in das Innere des Leuchtturms.

Axel beobachtete, wie Ola hineinging. Nach nicht einmal einer Minute erschien er wieder im Freien und zog die Tür zu. Er atmete heftig, taumelte und lehnte sich gegen die Mauer des Turmes.

Bald hatte er sich wieder im Griff. Er richtete sich auf und rannte los. Axel presste sich an den Baumstamm und flehte, dass Ola ihn nicht entdecken würde.

Doch der Schwede war viel zu sehr in seine Gedanken versunken und sah kein einziges Mal nach links oder rechts. Nachdem er an Axel vorbeigelaufen war, wartete der Detektiv noch eine Minute. Dann machte er sich auf den Weg zum Hafen. Seine Knie waren weich und zittrig, seine Handflächen ganz nass.

DER MANN IM TURM

Axel spürte, wie sein Herz immer schneller schlug. Er konnte das Blut in seinen Ohren pochen hören. Irgendetwas schien ihn wie eine unsichtbare Hand vom Leuchtturm fernzuhalten.

Sollte er umkehren?

Sollte er nicht besser seine drei Knickerbocker-Freunde verständigen?

Aber dann war es vielleicht schon zu spät. Vielleicht würden sie dann nie herausbekommen, was Ola im Leuchtturm entdeckt hatte.

Axel hielt an, als er den Fuß des Hügels erreichte.

Er zögerte. Sollte er einen Blick in den Leuchtturm werfen?

Geduckt schlich er schließlich über den schmalen Pfad, der zwischen Felsen, Büscheln von trockenem Seegras und vom Wind mitgenommenen Sträuchern zum Turm führte.

Das schummrige Licht, das auch jetzt noch über der Insel lag, gab ihm ein Gefühl der Schutzlosigkeit. Axel hielt sich deshalb immer ganz am Wegrand, wo er im Schatten der Steine und Pflanzen ein wenig Deckung hatte.

Dann war er am Ziel. Er stand vor einer schwarzen Eisentür.

Axel streckte die Hand nach der Klinke aus. Seine Finger waren ganz klamm.

Aus dem Nebel über dem Meer war das Tuckern eines Schiffes zu hören. Es nahm Kurs auf die Insel. Der Lichtstrahl eines starken Scheinwerfers bohrte sich durch das Grau.

Ist das der Fischkutter oder täusche ich mich?, überlegte Axel.

Nein, er war ziemlich sicher. Es war dasselbe Motorengeräusch.

Am Bug stand jemand mit einer langen Stange, die er in regelmäßigen Abständen ins Wasser stieß. Auf diese Weise prüfte er die Tiefe, um nicht im Halbdunkel aufzulaufen.

Der Kutter ging am Steg vor Anker und der Mann mit der Stange sprang von Bord. Er vertäute das Schiff und lief dann Richtung Straße.

Was hatte der Kutter hier zu suchen? Angeblich setzte der Fischer doch niemals seinen Fuß auf die Insel Saltkan.

Axel erschrak. Der Mann kam zum Leuchtturm gelaufen. Er hielt ein längliches Päckchen in der Hand.

So schnell er konnte, verschwand Axel hinter dem Turm. Hatte ihn der Mann bemerkt?

Der Unbekannte erreichte den Leuchtturm und öffnete die Tür. An den Geräuschen erkannte Axel, dass er sie nicht wieder schloss.

Der Detektiv atmete mehrmals tief durch und schlich dann, fest gegen die Mauer gedrückt, zur Tür. Aus dem Inneren des Turms fiel ein fahler Lichtschein.

Axel erkannte, dass es im Turm keine Trennwände gab. Er bestand aus einem einzigen runden Raum, der sich bis zur Spitze des Leuchtturms erstreckte. In der Mitte führte eine Stange in die Höhe, um die sich eine metallene Wendeltreppe schlang.

An dieser Stange kauerte ein Mann. Er war mit

Handschellen gefesselt und schien bewusstlos. Sein Kopf hing kraftlos zur Seite.

Vor dem Gefesselten kniete der Mann, der an Land gegangen war, und hantierte mit einer Spritze herum. Er verabreichte dem Gefangenen eine Injektion!

Axel zog sich zurück.

Der Mann verließ den Turm und rannte zum Kutter zurück. Sobald er an Bord gegangen war, legte das Schiff ab und verschwand im Nebel.

Axel vernahm ein leises Stöhnen. Kam der Gefangene zu sich?

Da wanderten zwei helle Kreise den Hügel herunter. Das konnten eigentlich nur Ola und Franziska sein! Und sie waren es auch!

Sollte er sich zeigen?

Axel war unschlüssig.

Nein, ich bleibe lieber versteckt, beschloss er.

Ola und Franziska stürmten in den Leuchtturm. Sie schienen den Gefangenen gut zu kennen und waren sehr besorgt. Da sie deutsch mit ihm sprachen, konnte Axel das Gespräch belauschen.

„Eric, was ist denn geschehen? Wer hat dich an die Treppe gefesselt?“, wollte Franziska wissen.

„Ich … ich weiß es nicht … Wasser! Ich habe

solchen Durst … Wasser!“, krächzte der Gefangene mit schwacher Stimme.

„Was ist geschehen? Hast du die Kinder wirklich nicht abgeholt? Sie behaupten, von einem komischen Blonden ins Meer geworfen worden zu sein!“, redete Ola auf Eric ein.

„Ich … kann mich an nichts erinnern …“, stöhnte dieser.

„Wir müssen ihn befreien!“, meinte Franziska. „Aber wie?“

„Damit!“, antwortete Ola. Er hielt einen Draht in der Hand. Nach kurzer Zeit hatte er die Schlösser geknackt. Er löste die Handschellen und half Eric auf die Beine.

„Niemand darf etwas von der Sache erfahren“, sagte Ola. Seine Stimme klang hart. „Du weißt, welche Folgen das sonst haben könnte. Was auch immer geschehen ist, muss unter uns bleiben. Die vier Kinder knöpfe ich mir selbst noch einmal vor. Ich werde ihnen schon eine glaubwürdige Geschichte erzählen …“

Franziska war damit nicht einverstanden, aber Ola brachte sie barsch zum Schweigen. „Lass das meine Sorge sein und halte dich da raus, kapiert?“

Bevor sie sich auf den Rückweg machten, schalteten sie das Leuchtfeuer ein. Es wurde auf altmodische Weise mit Lampenöl betrieben. Vorbeifahrende Schiffe wurden jetzt vor der Küste der Insel gewarnt.

Auf Franziska und Ola gestützt, kam Eric aus dem Turm. Seine Beine schleiften über den Boden. Er war zu schwach, um selbst zu gehen.

Als die drei nach langen Minuten endlich hinter der Kuppe des Hügels verschwunden waren, wagte sich Axel aus seinem Versteck.

Die Tür des Leuchtturms war offen geblieben. Er zog nun eine Taschenlampe hervor, die nicht einmal so groß wie sein Daumen war. Ihr Lichtstrahl war jedoch überraschend hell.

Im Turm roch es stark nach Krankenhaus. Wahrscheinlich war Eric mit Chloroform betäubt worden. Hatte jemand verhindern wollen, dass er die vier Freunde abholte – jemand, der ihnen einen Riesenschreck einjagen wollte?

Welche Spritze hatte der Mann vom Kutter dem armen Eric verabreicht? Als Axel an die verwirrten Sätze dachte, die Eric von sich gegeben hatte, fiel ihm ein Serum ein, das eine Störung des Kurzzeitgedächtnisses bewirkte. Vielleicht hatte Eric denjenigen erkannt, der ihn überfallen hatte, und sollte durch die Injektion davon abgehalten werden, dessen Identität zu verraten.

Axel fröstelte. Daran war nicht nur die kühle Nachtluft schuld. Er setzte sich in Bewegung und rannte im Dauerlauf bis zum Hotel. Zum Glück war die Eingangstür offen und er kehrte unbemerkt in sein Zimmer zurück.

Sein Herz klopfte noch immer wie wild, als er wieder im Bett lag. Es schien sich überhaupt nicht zu beruhigen.

WAS IST MIT DAGMAR LOS?

Der neue Tag begann pünktlich um acht Uhr. Ola stand im Flur und blies in eine kleine Signaltrompete, aus der laute, schrille und sehr falsche Töne kamen.

Axel hatte schlecht geschlafen. Und seine Augen brannten vor Müdigkeit.

Der Himmel war strahlend blau und die Sonne schien hell und warm. Die meisten Jungen und Mädchen liefen deshalb vor das Haus, wo in einem länglichen Schuppen mehrere Waschgelegenheiten untergebracht waren.

Das Frühstück fand im Freien statt. Es gab gebratene Eier mit Speck, eingelegten Fisch, Kakao, Tee und jede Menge Blaubeermarmelade.

Da sie ständig von anderen Teilnehmern des Camps umgeben waren, fanden die Knickerbocker keine Gelegenheit zu einer kurzen Geheimkonferenz. Axel hatte seinen Freunden nur zuraunen können, dass er in der Nacht einige wichtige Entdeckungen gemacht hatte.

Dagmar begrüßte die Bande mit einem kurzen Kopfnicken und setzte dann ihren Weg fort. Lilo blickte ihr zuerst verwundert, dann wütend nach. Schließlich rannte sie hinter Dagmar her und packte sie an der Schulter.

„Sag mal, haben sie dir das Hirn abgesaugt oder was?", fuhr sie das Mädchen an. „Du weißt genau, warum wir gekommen sind!"

„Lass mich in Frieden! Ich ... ich ... kenne euch doch kaum. Ich habe euch nur einmal gesehen und da habt ihr euch ziemlich unmöglich benommen. Mit solchen Kindern will ich keinen Umgang haben." Dagmar schüttelte Lilos Hand ab und ging einfach weiter.

Dem Superhirn der Bande platzte der Kragen. „Du spinnst wohl! Was soll denn das?", schrie sie Dagmar nach.

Franziska trat zu Lilo und drohte ihr mit erhobenem Zeigefinger. „Du-du-du, so spricht man hier nicht! Wir pflegen einen freundlichen und höflichen Ton."

„Und ich muss gleich kotzen", schnaubte Lilo.

Franziska schnappte empört nach Luft. Bevor sie aber zu einer Strafpredigt ansetzen konnte, war Lilo schon verschwunden.

Die Strafe ereilte sie dann aber doch. Sie wurde zum Geschirrspülen eingeteilt – eine Aufgabe, die sie mit ihren Freunden gerne übernahm. So hatten die vier endlich die Möglichkeit, ungestört miteinander zu reden.

Nachdem Axel den anderen ausführlich Bericht erstattet hatte, stieß Lilo einen langen Pfiff aus. „Du hast Recht, hier ist etwas oberfaul. Irgendwie werde ich den Verdacht nicht los, dass die mit den Teilnehmern etwas anstellen. Vielleicht Hypnose oder so", überlegte Lilo.

„Dagmar muss das rechtzeitig entdeckt und uns deshalb gerufen haben. Aber entweder hat die Behandlung jetzt auch bei ihr angeschlagen oder sie traut sich nichts mehr zu sagen", vermutete Axel.

Die Bande fasste einen Entschluss: Lilo und Axel würden versuchen, Dagmar zu beobachten, und vielleicht eine günstige Gelegenheit finden, allein mit ihr zu sprechen. Poppi und Dominik sollten beim Intelligenztraining Augen und Ohren offen halten. Falls ihnen etwas Verdächtiges auffiel, würden sie auf der Stelle Alarm schlagen.

Nach dem Frühstück mussten die Knickerbocker einen ersten Test über sich ergehen lassen. Anhand der Ergebnisse wollte man sie der entsprechenden Gruppe zuteilen. Erstaunt verkündete ihnen Franziska das Resultat: Alle vier kamen in die höchste Leistungsgruppe. Die Detektive grinsten stolz, hatten aber nichts anderes erwartet.

„Faulheit in der Schule ist nicht gleichbedeutend mit mangelnder Intelligenz", erklärte Axel.

Das Intelligenztraining war langweilig. Es bestand hauptsächlich aus Denkspielen. Die Knickerbocker fühlten sich wie bei einem Fernsehquiz.

Bis zum Mittag ereignete sich an diesem Tag nichts Aufregendes.

Nach dem Mittagessen, das an einer langen Tafel im Freien stattfand, stand Schwimmen auf dem Programm. Der Strand war an der Nordküste und wurde von allen begeistert gelobt.

Die Teilnehmer des Ferienlagers wanderten gemeinsam mit Ola los.

„Um halb sechs geht es wieder nach Hause! Bis

dahin könnt ihr machen, was ihr wollt. Aber bitte, seid vorsichtig und verletzt euch nicht!", ermahnte Ola die Jungen und Mädchen.

Jeder holte sich ein Badetuch aus einer gelb und grün gestrichenen Holzhütte und verkrümelte sich hinter einem der zahlreichen Büsche, um sich umzuziehen.

Auch die Knickerbocker taten so, als wäre der Badeausflug ihre größte Freude. Sie tobten mit den anderen über den Kieselstrand, liefen auf den schmalen Bootssteg hinaus und sprangen ins kühle Wasser.

Das Meer war zwar viel wärmer als an der Stelle, an der sie über Bord gegangen waren, hatte aber sicher keine achtzehn Grad.

Axel stieß Lilo mit dem Ellbogen an und deutete mit dem Kinn zur Seite. Dagmar war mit einigen Mädchen im Wasser gewesen und kam gerade an Land. Sie trocknete sich die Haare ab und sah sich dabei ständig um. Sie schien sichergehen zu wollen, dass sie nicht beobachtet wurde.

Axel und Lilo versteckten sich hinter ein paar Jungen und Mädchen, die am Strand Volleyball spielten.

Dagmar lief hinter einen Busch und zog sich an.

Dann hetzte sie geduckt auf einen Kiefernwald zu. Zwischen den Bäumen angekommen, richtete sie sich auf, warf einen letzten Blick zurück und verschwand dann im Unterholz.

„Sollen wir ihr folgen?", fragte Axel. Versuchen konnten sie es ja.

Hastig fuhren die beiden Detektive in ihre Jeans und streiften ihre T-Shirts über. Sie liefen in den Wald und entdeckten bald auf dem feuchten Boden Dagmars Spur. Das Mädchen hatte in dem Teppich aus abgefallenen Nadeln, Moos und Erde tiefe Abdrücke hinterlassen.

Wohin war sie bloß unterwegs?

IN DER RÄUCHERKAMMER

Je tiefer Lilo und Axel in den Wald vordrangen, desto schwächer wurden die Spuren. Der Boden war hier trockener und fester.

„Glaubst du, wir sind noch richtig?“, fragte Axel.

Lilo zuckte nur mit den Schultern.

Die Bäume lichteten sich und die Knickerbocker erreichten eine Wiese, auf der Gras und Blumen kniehoch standen. Eine frisch getrampelte Spur führte quer durch das Grün.

Der Hang senkte sich sanft zum Meer hin. Axel und Lilo folgten der Spur. An den frisch geknickten Halmen war zu erkennen, dass hier erst vor ganz kurzer Zeit jemand entlanggegangen war. Es konnte sich nur um Dagmar handeln.

„Sieh mal!“ Axel zeigte auf eine seltsame alte Holzhütte. Ihre Form war merkwürdig: Sie war unverhältnismäßig hoch. Gebaut war sie aus dunklen Brettern und Stämmen, deren Enden zugespitzt waren. Das Dach war steil und wurde auf beiden Seiten von geschnitzten Drachenköpfen verziert. Die Hütte hatte keine Fenster. Die einzige Tür lag ungefähr eineinhalb Meter über dem Boden. Eine steile, enge Treppe führte zum Eingang.

„Die Tür ist offen“, hauchte Axel.

„Hast du einen Spiegel dabei?“, fragte Lilo leise.

„Nein, ich pudere mir in den Ferien nie die Nase“, antwortete er trocken.

Dagmar stürzte aus dem Haus. Sie hatte einen hochroten Kopf und schien sehr aufgebracht zu sein. Lautstark donnerte sie die Holztreppe herunter und wischte sich mit dem Handrücken über Augen und Nase.

Sie weinte!

Axel und Lilo warfen sich flach auf den Boden und hielten die Luft an, als die schluchzende Dagmar an ihnen vorbeirannte. Das hohe Gras gab ihnen Deckung.

Dagmar verschwand im Wald.

Langsam richteten sich Axel und Lilo auf. Sie sahen einander fragend an. Stumm erhoben sie sich und gingen langsam auf die Hütte zu.

Lilo stieg mit Herzklopfen Stufe für Stufe die steile Treppe nach oben.

In der Hütte roch es nach Rauch, Fleisch und Fisch. Von der Decke des Raumes hingen an Ketten zahlreiche Metallstangen herab. Der Boden bestand aus einem versengten hölzernen Lattenrost, unter dem sich ein zweiter Raum befinden musste.

Mit seiner Minitaschenlampe leuchtete Axel zwischen den Latten nach unten.

Lilo erkannte den ehemaligen Zweck der Hütte. „Eine Räucherkammer! Hier wurden einmal Fleisch und Fisch geräuchert."

Axel deutete auf einen kleinen, wackeligen Tisch am hinteren Ende des Raumes. Ein aufgeschlagenes Buch lag darauf. An jeder Ecke stand eine brennende Kerze.

„Gleich werden wir wissen, was es damit auf sich hat", sagte Lilo entschlossen.

Axel wollte ihr zuvorkommen und als Erster bei dem Buch sein. Er drängte sich an Lilo vorbei und machte einen schnellen Schritt.

Holz splitterte und krachte. Axel schrie auf.

Sein rechtes Bein steckte bis zum Knie zwischen

den scharfzackigen Enden des Bretts, das eingebrochen war. Mit dem Fuß des anderen Beins hatte er weiterhin festen Halt. Er stützte sich mit den Händen ab und seine Arme zitterten heftig.

„Hast du dir wehgetan?“, fragte Lilo.

Axel knirschte mit den Zähnen und stöhnte laut.

Lilo bückte sich und sah das Blut, das aus der Wunde unterhalb seines Knies tropfte. Die Holzzacken der Bruchstelle hatten sich durch die Haut in das Fleisch gebohrt.

„Verflucht!“, stieß Lilo hervor.

Axel kämpfte mit den Tränen. Sein Gesicht war eine schmerzverzerrte Grimasse.

„Hilf mir! Bitte!“, flehte er.

Axel versuchte, sein Gewicht von dem eingebrochenen Bein auf die Arme zu verlagern, konnte sich jedoch kaum noch halten.

Lilo biss sich auf die Unterlippe. Schweiß tropfte ihr von der Stirn.

Das gebrochene Brett hatte sich so verkantet, dass es unmöglich war, das Bein nach oben zu ziehen. Die Spitzen würden sich nur noch tiefer in die Wunde bohren.

Doch auch diesmal schaffte es Lilo, trotz aufkommender Panik klar zu denken. Die einzige

Möglichkeit, Axel aus seiner schrecklichen Lage zu befreien, bestand darin, das Bein noch ein Stück nach unten zu schieben und dabei die beiden Teile des gebrochenen Bretts zur Seite wegzudrücken.

„Beiß die Zähne zusammen, wir schaffen das!", beruhigte Lilo ihren Kumpel, nachdem sie ihm den Plan erklärt hatte.

Axels Atem ging stoßweise. Er keuchte: „Du hast leicht reden!"

Lilo zählte bis drei. Axel ließ sich ein paar Zentimeter tiefer in das Loch sinken und seine Freundin kümmerte sich um das Brett.

Da fielen die Latten schon nach unten auf einen der Öfen.

Lilo sprang auf, packte Axel unter den Armen und zog ihn hoch.

Die Wunde blutete und sah schlimm aus.

„Danke! Du bist manchmal echt zu etwas zu gebrauchen!", stöhnte Axel. Der Schmerz ließ bereits ein wenig nach.

„Schaffst du es zurück zum Strand?", fragte Lilo. „Oder soll ich jemanden holen?"

Axel stützte sich auf ihre rechte Schulter und meinte: „Ich will es versuchen. Hoffentlich verblute ich nicht!"

Lilo verdrehte die Augen. „Nur Männer können so wehleidig sein! Die Wunde blutet doch kaum noch."

Die beiden Knickerbocker machten sich auf den Weg. Sie kamen nur langsam voran.

Das Buch hatten sie völlig vergessen.

DAS TAGEBUCH

Auf dem Rückweg vereinbarten die beiden Detektive, nichts über ihren geheimen Ausflug zu verraten. Axel würde behaupten, sich beim Baumklettern verletzt zu haben.

Ola, der ihnen bereits entgegenkam, erschrak, als er die Wunde sah. Noch immer ragten Holzsplitter aus der Haut.

„Du musst dringend zu einem Arzt!", entschied er sofort.

„Könnt ihr einen rufen? Per Funk?", fragte Lilo.

Ola zögerte. Er schien zu überlegen, was er antworten sollte. Schließlich sagte er nur: „Ich … ich kümmere mich darum …"

Eine Stunde später traf der Arzt ein. Er war sehr

groß, schlank und hatte ungeheuer lange Arme. Er behandelte Axel sorgfältig und schnell und achtete darauf, ihm dabei so wenig wie möglich wehzutun.

Bleich und müde lag Axel nun in seinem Bett. Seine Kumpel hatten vor dem Zimmer warten müssen, bis der Arzt fertig war.

„Ich habe die Wunde versorgt und ihm eine Tetanusspritze gegeben. Es dürften keine Komplikationen auftreten“, erklärte der Doktor. „Falls die Wunde aber zu eitern beginnen sollte, muss ich sofort gerufen werden. Ist das klar?“

Axel nickte matt.

„Wie sind Sie denn eigentlich verständigt worden?“, wollte Lilo wissen.

Der Arzt wollte schon antworten, aber Ola sagte schnell: „Vielen Dank, Doktor! Franziska hat noch einen kleinen Imbiss für Sie vorbereitet. Soll der Patient im Bett bleiben?“

„Ja, ein, zwei Tage Bettruhe wären gut“, erwiderte der Arzt.

„Na wunderbar, genau so habe ich mir meine Ferien vorgestellt“, meinte Axel tonlos. Er wollte mit seinen Freunden noch beratschlagen, was weiter geschehen sollte. Doch mitten im Satz fielen ihm die Augen zu und er schlief ein.

„Leute, langsam bekomme ich es mit der Angst zu tun", gestand Lilo. „Hier auf dieser Insel stinkt eine ganze Menge."

Im Haus war es sehr still. Die Teilnehmer des Ferienlagers waren alle im Freien. Lilo, Poppi und Dominik nutzten die Gelegenheit für eine Besprechung. Die Fragen, die sie am meisten beschäftigten, waren:

Wer hatte Eric überfallen?

Wer war der Mann auf dem Fischkutter?

Weshalb verschwieg Ola, dass es eine Möglichkeit gab, sich mit anderen Inseln und dem Festland in Verbindung zu setzen?

Was war Dagmar widerfahren?

„Dagmar weiß bestimmt etwas, aber aus irgendeinem Grund verschweigt sie uns, was los ist. Es muss was Schreckliches geschehen sein, seit sie mich angerufen hat", sagte Lilo.

Das Superhirn der Bande beschloss, einen weiteren Versuch zu unternehmen, mit ihrer Klassenkameradin zu reden.

Dagmar hockte im Schneidersitz unter einem Holunderbusch und schrieb in ein Tagebuch. Als sie Lilo erblickte, klappte sie das Buch sofort zu und sperrte das kleine Schloss ab.

Lilo ließ sich neben ihr im Gras nieder. „Dagmar, bitte, was soll das Theater?“, begann die Anführerin der Knickerbocker-Bande.

„Hau ab! Fahrt nach Hause! Bitte!“, flüsterte Dagmar. Sie schien riesige Angst zu haben.

Nach drei weiteren vergeblichen Versuchen stand Lilo seufzend auf.

Aus den Augenwinkeln beobachtete sie, wie Dagmar sich verschreckt umsah.

Hinter dem Haus befand sich ein Holzstapel. Auf einem Gestell davor lag ein dicker Stamm, der zersägt werden sollte. Lilo traf sich dort mit Poppi und Dominik.

„Wir haben nur eine Möglichkeit, mehr herauszukriegen“, begann Lilo, „wir müssen Dagmar Tag und Nacht überwachen. Ich würde ja gerne ihr Tagebuch in die Hände bekommen. Das brächte uns bestimmt einen Schritt weiter!“

Die vier Knickerbocker-Freunde trafen eine Einteilung. Jeder übernahm für zwei Stunden die Überwachung. In der Nacht sollte eine Schicht drei Stunden dauern.

Dagmar setzte an diesem Abend alles daran, sich möglichst unauffällig zu benehmen. Dominik entging ihre Anspannung freilich nicht. Weder ihr Lachen noch ihre Bewegungen wirkten tatsächlich ungezwungen.

Die Nacht war sehr warm und angenehm, und deshalb sollte in den Zelten geschlafen werden. Nur Axel blieb in seinem Zimmer.

Poppi hatte beim Überwachen den Anfang gemacht. Zweimal wäre sie beinahe eingenickt, aber durch kräftiges Zwicken in den Arm hatte sie sich dann doch wach halten können.

Dominik war als Nächster dran. Er kroch aus dem Zelt und robbte zu Poppi, die sich in einer kleinen Birkengruppe versteckt hatte. Von dort hatte man einen guten Blick auf Dagmars Zelt.

„Deine Ablösung ist da“, flüsterte Dominik. „War etwas?“

„Dagmar hat mit Ilse gestritten. Das ist das Mädchen, mit dem sie sich das Zelt teilt. Ilse ist daraufhin samt Schlafsack ausgezogen und zu Beatrice gegangen, die allein in einem Zelt schläft“, meldete Poppi und verzog sich gähnend.

Es war bereits Mitternacht. Über der Insel lag eine gespenstische Stille.

Immer wieder fielen Dominik die Augen zu. Nur mit Mühe gelang es ihm, nicht einzuschlafen.

Der Klettverschluss am Eingang von Dagmars Zelt wurde geöffnet. Das Mädchen schlüpfte ins Freie. Seine Bewegungen wirkten irgendwie fahrig und zappelig.

Dominik erhob sich und machte sich bereit, Dagmar zu verfolgen.

Genau in diesem Augenblick drehte sie sich zu ihm um.

EINE UNRUHIGE NACHT

Die Nacht hier im Norden war hell genug, um Dagmars entsetztes Gesicht zu sehen. Sie schluckte und schien fieberhaft zu überlegen, was sie machen sollte.

Dominik brach der Schweiß aus. Er hatte alles falsch gemacht und sich dadurch verraten. Lilo würde sauer sein.

Um noch zu retten, was zu retten war, lief er über das feuchte Gras auf Dagmar zu. Er packte sie am Handgelenk und fragte flüsternd: „Wohin willst du, mitten in der Nacht?"

Dagmars Gesicht wirkte verzweifelt. „Lass mich los! Ich muss weg – die Schlangen kommen!"

Dominik sah sie verdutzt an. „Schlangen? Auf

dieser Insel gibt es doch keine Schlangen." Er konnte sich genau erinnern, dass Ola das ausdrücklich erwähnt hatte.

„Doch, und sie kriechen in mein Zelt, weil ich nicht … weil ich nicht …" Dagmar brach mitten im Satz ab und befreite mit einem Ruck ihren Arm aus Dominiks Griff. Dann rannte sie so schnell sie konnte davon.

„He, warte! Wo willst du hin?", zischte Dominik ihr nach.

Dagmar steuerte jedoch bereits auf den Wald zu und verschwand zwischen den Bäumen. Ihr Vorsprung war zu groß. Dominik war kein guter Läufer und würde sie nicht mehr einholen.

Aber Moment! Lilo hatte doch von Dagmars Tagebuch gesprochen. Es lag bestimmt im Zelt! Dominik kroch durch den offenen Eingang und rümpfte die Nase. Im Zelt roch es nach verschwitzten Klamotten, die längst gewaschen gehörten.

Angst!, fiel ihm ein. Wenn Leute sehr große Angst haben, beginnen sie zu stinken.

Mit angehaltenem Atem durchwühlte er hastig den Schlafsack und die herumliegenden Kleidungsstücke.

Kein Tagebuch.

Er wollte schon den Rückzug antreten, als er am Boden des Zeltes etwas Seltsames erblickte. Dominik kniete sich hin und entdeckte einen Schlitz: Der Zeltboden war mit einem Messer aufgeschnitten worden.

Als er seine Hand in den Schlitz gleiten ließ, ertastete er zwischen Plane und Gras eine Plastiktüte. Er zog sie heraus und öffnete sie.

Es war das Tagebuch.

Schnell verließ Dominik das Zelt und kehrte mit seinem Fund zu den Birken zurück. Er holte die Taschenlampe hervor, knipste sie an und steckte sie in den Mund. So hatte er beide Hände frei, um das Schloss des Tagebuchs zu knacken.

Was klimperte denn da?

Schlüssel! Dagmar hatte sie gar nicht bei sich. Sie hingen an einem Gummiring, der zwischen die Seiten des Tagebuchs gesteckt worden war.

Dominiks Finger zitterten, als er das Tagebuch aufschloss. Er blätterte schnell zu dem Tag, an dem Dagmar auf Saltkan angekommen war. Was hatte sich seither ereignet?

Bereits nach den ersten Seiten konnte Dominik nicht glauben, was er da las. Es war einfach unfassbar! So etwas gab es doch nicht, oder?

Er überflog Seite für Seite. Dagmars Handschrift war bei den ersten Eintragungen noch schön, klar und gestochen scharf gewesen. Von Tag zu Tag war die Schrift aber unleserlicher geworden.

Dominik war ganz in das Tagebuch vertieft. Er bemerkte deshalb nicht, dass sich jemand anschlich. Die Gestalt schien zuerst nicht zu erkennen, was Dominik gerade tat. Sie reckte den Hals, und als sie Gewissheit hatte, pirschte sie sich in einem großen Bogen näher heran.

Axel war in der Räucherkammer eingeschlossen und das Buch ging plötzlich in Flammen auf.

Der Raum war bald von schwarzem Qualm erfüllt, der ihm den Atem raubte. Er hatte das Gefühl zu ersticken, warf sich verzweifelt herum und bemerkte erst jetzt, dass alle Räucheröfen voll angeheizt waren.

Die Hitze von unten wurde immer stärker. Er schwitzte und riss sich die Klamotten vom Leib.

Ein stechender Schmerz zuckte durch sein Bein. Er schrie auf.

Schwarz!

Nein, grau! Wie in der Dämmerung …

Axel war aufgewacht. Er hatte einen Albtraum

gehabt. Langsam gewöhnten sich seine Augen an die Dunkelheit im Zimmer. Er konnte die Umrisse der Möbel erkennen und entdeckte einen Lichtschimmer, der durch einen schmalen Spalt der angelehnten Tür fiel.

Der Lichtschein tanzte kurz über Boden und Wand und verschwand dann wieder.

Die Treppe knarrte. Jemand stieg nach oben in das Dachgeschoss.

Mit einem Schlag war Axel hellwach. Er schwang sich aus dem Bett und betastete den dünnen Verband an seinem Knie. Die Wunde schmerzte. Dennoch stand Axel auf und schlüpfte in die Shorts, die am Boden lagen. Er trug noch immer das T-Shirt, das er am Nachmittag angehabt hatte.

Axel humpelte zur Tür und zog sie etwas weiter auf. Er streckte den Kopf in den Gang hinaus und sah tatsächlich einen Lichtschein aus der Öffnung in der Decke fallen, zu der die steile Treppe nach oben führte. Er vernahm ein metallisches Klicken und Quietschen.

Kein Zweifel! Die Schlösser an der verbotenen Tür wurden geöffnet.

Axel kämpfte mit sich.

Was sollte er jetzt tun?

Die Gelegenheit, einen Blick in den Raum hinter der Tür zu werfen, war einmalig!

Axel biss die Zähne zusammen, stützte sich mit den Händen an der Wand ab und humpelte zur Treppe. Es war eine Meisterleistung, sich trotz der Verletzung fast lautlos über den Holzboden zu bewegen.

Die Geräusche von oben deuteten darauf hin, dass die Metallbänder zur Seite geklappt wurden. Gleich würde die Tür geöffnet werden.

Schwer atmend kämpfte Axel sich weiter. Endlich erreichte er die Treppe. Er packte das Geländer links und rechts und turnte wie auf einem Barren Stufe für Stufe hinauf.

Die verbotene Tür wurde geöffnet. Er hörte es genau.

Doch das Knarren und Quietschen der alten Angeln zeigte an, dass sie schon wieder zuging.

Schnell!

Axel setzte verbissen seinen Weg fort, sah schon die Öffnung in der Decke, durch die der flackernde Lichtschimmer einer Petroleumlampe fiel.

Das lang gezogene Quietschen der Tür wurde tiefer. Gleich würde sie zufallen.

Axel lugte durch die Öffnung und sah einen breiten Lichtstreifen durch den immer kleiner werdenden Türspalt fallen.

Er hörte Ola, der auf jemanden einredete – beruhigend einredete.

Und dann erklang ein Schrei. Er war schrill und voll Wut und Verzweiflung.

An der hellen Holzwand des Raumes hinter der Tür tauchte ein Schatten auf.

Axel verschlug es den Atem.

UNGLAUBLICHE ENTDECKUNGEN

Lilo wälzte sich in ihrem Schlafsack hin und her. Sie nickte mehrmals ein, wurde aber ständig von Albträumen gequält und wachte wieder auf.

Jedes Mal kramte sie dann ihre Uhr hervor, um nachzusehen, wie spät es war. Unter keinen Umständen wollte sie Dominik im Stich lassen.

Zu dumm, dass sie keinen Wecker dabeihatte! Axel hatte einen in seiner Armbanduhr eingebaut, aber die trug er am Handgelenk.

Mit einem tiefen Seufzer rollte sich Lilo auf den Rücken und verschränkte die Arme hinter dem Kopf.

Der Mann, der sie am Bahnhof abgeholt hatte, ging ihr nicht aus dem Sinn.

Der Fischer musste mit ihm unter einer Decke stecken. Er war nicht zufällig vorbeigekommen, sondern von seinem Komplizen per Funk verständigt worden, vermutete Lilo. Aber was war mit Knut geschehen, nachdem er über Bord gegangen war? Er konnte nur ertrunken sein.

Nein! War er nicht. Lilo dachte daran, wie eigenartig er sich angefühlt hatte, als sie ihn berührte. Sie hatte sich sehr darüber gewundert.

Auf einmal fiel es ihr wie Schuppen von den Augen: Der Typ hatte einen Taucheranzug getragen, der ihn vor der Kälte des Wassers schützte.

Vielleicht war er sogar ein Stück weiter von dem Fischkutter aufgenommen worden.

Halt! Möglicherweise waren der Kapitän des Kutters und er ein und dieselbe Person.

Und das Hautstück, das sich so ekelig von seinem Schädel gelöst hatte?

Lilo erinnerte sich, dass Dominik vor einiger Zeit in einem Werbefilm für Fruchtjoghurt ein Monster gespielt hatte. Die Knickerbocker hatten ihn ins Studio begleitet, wo eine Maskenbildnerin an seinem Gesicht herumgebastelt hatte.

Ganz genau sah das Superhirn noch die fleischfarbenen Gummiteile vor sich, die Dominik aufgeklebt worden waren. Auf diese Weise war sein Kinn verlängert worden, und er hatte eine hohe, wulstige Stirn bekommen.

Der Mann, der sie abgeholt hatte, war garantiert maskiert gewesen. In der rauen Seeluft und im Regen hatten sich die aufgeklebten Teile abgelöst.

Auch an seiner Sprache hatte sie etwas gestört. Olas Deutsch klang ganz anders. Er hatte einen völlig anderen Akzent. Hatte der Mann im Boot den Akzent vielleicht nur nachgemacht? Ihm war kein Grammatikfehler unterlaufen. Wahrscheinlich war Deutsch seine Muttersprache. Was führte er nur im Schilde?

Dominik überflog bereits die letzten beschriebenen Seiten des Tagebuchs. Die Eintragungen waren unglaublich. Er konnte es nicht fassen.

Da sausten zwei Hände von oben herab und entrissen ihm das Tagebuch. Gleich darauf wurde es ihm auf den Kopf geknallt. Dominik hob schützend die Arme. Vor sich erkannte er ein Paar rosa-weiße Sportschuhe.

Dominik wagte einen Blick nach oben und sah in das hochrote Gesicht von Dagmar. Sie schien blind vor Wut.

„Hör auf … lass das!“, keuchte er.

Nach Luft schnappend wich Dagmar zurück. Das dunkle Haar klebte ihr am Kopf. „Wie konntest du nur mein Zelt durchsuchen? Das ist Diebstahl!“

Dominik sprang auf die Beine und stammelte: „Dagmar! Wir machen uns alle große Sorgen. Was du da aufgeschrieben hast – wenn das wahr ist, bedeutet es eine Bedrohung der unglaublichsten Art. Ich kann gar nicht glauben, was ich da gelesen habe.“

„Quatsch nicht so kariert!“, schnaubte Dagmar. Verächtlich fügte sie hinzu: „Wichtigtuer!“

„He, warum erzählst du nicht alles Ola oder Franziska? Hast du deswegen Lilo angerufen?“, bestürmte Dominik sie.

„Kapier doch endlich, dass mir keiner helfen kann! Ihr macht alles nur schlimmer. Seit ich euch gerufen habe, ist es noch schrecklicher geworden. Verschwindet, bitte! Und wenn du deinen Freunden nur ein Wort über meine Tagebucheintragungen sagst, dann ... dann ... dann ... ist das für mich vielleicht ... dann ist alles vorbei!“ Das Mädchen brach in Tränen aus.

Dominik war ratlos. „Dagmar, du musst mit Lilo reden“, begann er noch einmal.

„Hau endlich ab und lass mich in Ruhe!“, verlangte Dagmar leise und verschwand wieder in ihrem Zelt.

Dominik konnte sie schluchzen hören.

Eine halbe Stunde später kam Lilo, um ihn abzulösen. Sie war ganz grau im Gesicht und hatte tiefe Ringe unter den Augen. „Ich muss dir was erzählen“, flüsterte sie und berichtete von ihren Überlegungen.

Dominik schluckte immer wieder, als hätte er etwas im Hals stecken. Er wollte dem Superhirn so gerne von dem Tagebuch berichten, traute sich aber nicht.

„He, ist was mit dir?“ Lilo war sein Verhalten nicht entgangen.

Dominik verneinte und täuschte ein Gähnen vor. Dann trottete er zu seinem Zelt.

Verdammt, was sollte er nur machen?

FANTASIERT AXEL?

Axel hatte sich so schnell wie möglich wieder zurückgezogen. Er wollte unter keinen Umständen von Ola überrascht werden.

Er saß in seinem Zimmer auf dem Bett und überlegte fieberhaft: Er musste seinen Freunden von seiner Beobachtung erzählen. Sollte er sich jetzt gleich nach draußen schleichen?

Schleichen? Das war unmöglich. Er konnte höchstens versuchen, leise zu humpeln. Nein, er würde bis zum Morgen warten müssen.

Dominik, Poppi und Lilo waren am nächsten Tag alles andere als ausgeschlafen. Die drei Knickerbocker sahen aus, als hätten sie die ganze Nacht eine wilde Party gefeiert.

Gleich nach dem Weckruf liefen sie in den zweiten Stock zu Axel. Auch er wirkte erschöpft.

Lilo berichtete von Dagmars Beschattung, die aber, wie sie meinte, ohne Ergebnis geblieben war. „Sie hat das Zelt die ganze Nacht nicht verlassen", schloss Lilo.

Dominik krümmte sich, als hätte er Magenschmerzen. Er wagte es einfach nicht, den Mund aufzumachen und zu erzählen, was geschehen war.

„Ich weiß, was hinter der Tür im Dachgeschoss ist", platzte Axel heraus.

Seine drei Freunde rissen erstaunt die Augen auf.

„Ich ... ich habe nur den Schatten gesehen und einen Schrei gehört, aber ... aber das hat gereicht!"

„Sag schon! Was ist es?", bedrängten ihn seine Freunde.

„Ein Monster!", lautete Axels Antwort.

Pause.

„Bist du dir da ganz sicher? Ich meine, war das nicht vielleicht doch ein ... schlechter Traum?", fragte Lilo vorsichtig.

Axel hasste es, wenn Lilo ihn wie ein Kleinkind behandelte. „Nein, es war kein Traum!", sagte er mit zusammengebissenen Zähnen.

„Ein Monster?“, wiederholte Dominik und sah Axel ungläubig an.

„Es gibt doch keine Monster, oder?“, flüsterte Poppi.

Lilo schüttelte aufgebracht den Kopf. „Nein, natürlich nicht.“

Axel wurde wütend. „Hört zu, ich habe es gesehen! Die Tür stand einen Spalt offen. Es ist ein Wesen mit einem Kopf … fast wie ein Mensch. Aber es hat Hörner oder große Ohren. Und es bewegt sich wie ein Affe. Es hat lange Klauen und ein zotteliges, struppiges Fell“, schilderte Axel die Kreatur.

„Woher weißt du das, wenn du es nicht gesehen hast?“, wollte Lilo wissen.

„Ich habe doch seinen Schatten gesehen“, erwiderte Axel.

Lilo machte Poppi und Dominik klar, was sie von Axels Erzählung hielt. Er schien – ihrer Meinung nach – zu fantasieren.

Beleidigt ließ sich Axel in die Kissen sinken. Schmollend presste er die Lippen zusammen. „Lasst mich doch in Frieden, wenn ihr alles besser wisst!“, knurrte er.

Poppi wollte einlenken, aber der Junge wandte den Kopf ab.

Beim Frühstück musterte Dagmar Dominik immer wieder.

Verlegen starrte Dominik auf seinen Teller und rührte lustlos in der matschigen Mischung aus Cornflakes, Milch und Marmelade herum.

Lilo bemerkte die Blicke. „Sag mal, ist was? Hast du gestern Nacht vielleicht mit Dagmar gesprochen?“, raunte sie ihm beim Aufstehen zu.

Dominik schüttelte stumm den Kopf und packte einen Stapel Teller. Er brauchte einen Grund, um sich zu verziehen. In Lilos Augen machte er sich dadurch aber erst recht verdächtig. Sie wusste, wie zuwider ihm jede Form von Hausarbeit war.

Der Vormittag schleppte sich für Lilo, Poppi und Dominik dahin. Sie waren schrecklich müde und konnten den Denkspielaufgaben nicht folgen, die Ola ihnen stellte.

Axel durfte noch einen Tag in seinem Zimmer bleiben. Er fühlte sich schlapp und verschlief den halben Vormittag. Als er munter wurde, stand die Sonne bereits hoch am Himmel. Es musste kurz vor Mittag sein.

„Ich bin doch nicht verrückt!“, murmelte er halblaut. „Ich habe das Monster gesehen und ich werde das beweisen!“

Er kroch aus dem Bett und versuchte, mit dem verletzten Bein aufzutreten. Es klappte schon viel besser als in der Nacht. Das Knie war steif, tat aber nicht mehr so weh.

Nachdem er sich gewaschen und die Zähne geputzt hatte, sah er durch das Gangfenster in den Garten: Die Teilnehmer des Ferienlagers saßen in zwei Gruppen geteilt unter den Bäumen und wurden von Ola und Franziska unterrichtet. Großartig! Die Luft war also rein. Er konnte ins Dachgeschoss hinaufsteigen und das Zimmer hinter der verbotenen Tür untersuchen. Es musste doch möglich sein, einen Blick in den Raum zu werfen.

Axel schlüpfte in blaue Shorts und ein schlabbriges, weißes T-Shirt. Er humpelte über den Gang und kletterte dann die steile Dachbodentreppe nach oben. Unter dem Dach war es drückend heiß.

Axel holte tief Luft. Wahnsinn! Hier stank es aber. Er zog den Rand seines T-Shirts über Mund und Nase, hinkte auf die verriegelte Tür zu und presste das Ohr dagegen.

Eine Minute verging.

Dann noch eine. Schließlich waren fünf Minuten verstrichen, doch hinter der Tür hatte sich absolut nichts getan.

Axel drehte sich um und drückte nun das andere Ohr gegen die Tür. Da hörte er ein Scharren und heftiges Atmen! Ein Schrei ertönte.

Axel schlug mit der Faust gegen die Tür. Am Klang erkannte er, dass sie ungewöhnlich massiv sein musste. War es vielleicht eine Tür, die den Schall dämpfte?

Zu spät, viel zu spät hörte Axel die Schritte, die die Treppe heraufkamen.

Erschrocken sah er sich nach einem Versteck um, konnte aber keines entdecken. Er flüchtete deshalb in den hinteren Teil des Dachbodens und machte sich in einer dunklen Ecke so klein wie möglich.

Auch wenn er kein Wort sagen durfte, wollte Dominik etwas unternehmen. Er musste einfach etwas tun, und er wusste auch schon, was.

In der letzten Trainingsstunde meldete er sich.

Ola zeigte auf ihn und zog fragend die Augenbrauen hoch.

„Ich habe das dringende Bedürfnis, diesen Ort kurz zu verlassen“, entschuldigte Dominik sich in seiner komplizierten Art. Er stand auf und verschwand in Richtung Toilette.

Kaum hatte er das Blickfeld der beiden Trainingsgruppen verlassen, bog er zu den Zelten ab. Er steuerte auf das Zelt von Dagmar zu, denn er wollte das Tagebuch holen. Er hatte beschlossen, es Lilo heimlich zuzuspielen. Sie musste erfahren, was hier los war, und dann selbst entscheiden, was weiter geschehen sollte.

Fieberhaft durchwühlte Dominik Dagmars Sachen, aber er konnte das Tagebuch nicht finden. Das Versteck unter dem Zeltboden war leer.

Da räusperte sich jemand hinter ihm.

EIN VERWIRRENDES PUZZLE

Erschrocken drehte sich Dominik um und sah in Olas wütendes Gesicht. „Es stimmt also, was Dagmar gesagt hat. Du stiehlst! Diebe haben hier nichts verloren! Du wirst nach Hause fahren!“

„Aber … aber … ich … ich“, stotterte Dominik hilflos.

Der Mann gab ihm mit einer energischen Handbewegung zu verstehen, dass er gar nicht versuchen brauchte, sich zu rechtfertigen. Für Ola war die Sache erledigt.

Wie ein geprügelter Hund schlich Dominik zu den anderen zurück.

„Hast du wirklich Dagmars Zelt durchstöbert?“, fragte Lilo ungläubig.

Dominik verzog den Mund zu einem schiefen Lächeln.

„Spinnst du? Wozu die Extratour? Was soll das?“, flüsterte ihm das Superhirn zu.

„Ich bitte um Konzentration, sonst kannst du deinen Freund auch gleich nach Hause begleiten!“, drohte Ola.

Die Jungen und Mädchen starrten Dominik wie einen Schwerverbrecher an. Dagmar atmete erleichtert auf.

Axel schmiegte sich so tief wie möglich in die dunkle Ecke. Durch die Dachluken fielen grelle Lichtstreifen, in denen der Staub tanzte.

Mit langsamen Schritten kam jemand herauf. Zuerst konnte Axel nicht erkennen, wer es war. Die Gestalt stand im Gegenlicht und er sah nur die Silhouette.

Als der Mann dann aber ins Licht trat, hielt Axel überrascht die Luft an: Es war Eric. Ihn hatte er völlig vergessen.

Eric blickte sich um, als wäre er noch nie hier oben gewesen. Er wirkte müde und verwirrt. Mit schleppenden Schritten tapste er zu der verbotenen Tür und ließ seine Hand über die Schlösser und

Riegel gleiten. Er schien angestrengt nachzudenken, schüttelte dann aber seufzend den Kopf.

Axel bekam plötzlich Schluckauf. Er hielt die Luft an, aber es nützte nichts. Der Schluckauf war so laut, dass Eric wie vom Blitz getroffen herumwirbelte.

„Wer ist da?“, fragte er.

Die grellen Lichtstreifen blendeten den Mann so sehr, dass er Axel nicht sehen konnte. Als Eric dann aber auf Axel zuwankte, verlor dieser die Nerven und gab sich zu erkennen. Es hatte keinen Sinn, sich weiter zu verstecken.

„Hallo, ich bin es“, krächzte Axel.

Eric musterte ihn wie einen Außerirdischen.

„Und wer ist ‚ich‘?“, wollte er wissen.

„Axel … Axel Klingmeier. Ich … ich habe mich verletzt und muss deshalb im Bett bleiben.“

„Aha!“ Eric schien gar nicht auf die Idee zu kommen, dass sich das Zimmer des Jungen einen Stock tiefer befand.

„Geht es Ihnen heute wieder besser?“, erkundigte sich Axel. Kaum hatte er die Frage ausgesprochen, wusste er, dass das ein Fehler gewesen war.

Eric blickte ihn überrascht an. „Woher weißt du denn …?“

Axel beschloss, bei der Wahrheit zu bleiben. Er wollte von seinem nächtlichen Ausflug berichten, aber Eric interessierte sich überhaupt nicht dafür.

„Ich … ich kann mich an kaum etwas erinnern. Es ist, als hätte ich einen Teil meines Gedächtnisses verloren“, beklagte er sich. „Ich weiß nur, dass ich vier Kinder aus Stockholm abholen sollte. Aber dann ging er auf mich zu. Ich war überrascht, ihn zu sehen, und dann … ja, dann weiß ich nicht, was passiert ist!“

Eric wirkte wie ein Schlafwandler.

„Wer ist ‚er‘?“, bohrte Axel nach.

Eric verzog das Gesicht. „Ich habe keine Ahnung. Ich kenne ihn, aber ich weiß nicht mehr, woher.“ Kopfschüttelnd stieg er die Treppe langsam wieder nach unten.

Axel wollte die Gelegenheit nutzen und folgte ihm humpelnd. „Hören Sie, was ist eigentlich hinter der Tür mit den vier Schlössern?“, fragte er neugierig.

Eric drehte sich zu ihm um. Er hatte kurzes, aschblondes gekräuseltes Haar. Sein Hals, seine Arme und seine Beine waren stark behaart. Von einem seiner Vorderzähne fehlte ein Stück und seine Nase war eigentümlich verbogen.

„Hat Ola dir das nicht erzählt?", fragte er.

Axel schwindelte: „Doch, aber ich kann es nicht glauben. Deshalb wollte ich es auch von Ihnen hören."

„Ja, es ist unfassbar. Absolut unfassbar. Wozu Menschen fähig sind!" Eric stieg weiter hinunter.

Nach ein paar Stufen blieb er stehen, drehte sich noch einmal zu Axel um und sagte eindringlich: „Die Tür muss immer verschlossen sein. Niemand außer Ola darf das Zimmer betreten. Niemand. Verstehst du? Schreib dir das gefälligst hinter die Ohren!"

Axel nickte gehorsam.

Eric wusste Bescheid. Und er kannte den Mann im Boot, der sich ihrer hatte entledigen wollen.

Axel war stolz, was er an diesem Vormittag alles herausgefunden hatte. Dennoch kam ihm der Fall wie ein Puzzlespiel mit hundert Teilen vor, von dem er gerade mal drei oder vier Stücke in der Hand hielt. Es musste ihm und seinen Freunden gelingen, mehr in Erfahrung zu bringen.

Irgendwie konnte er sich des Gefühls nicht erwehren, dass die Zeit drängte.

DER DÄMON

Die Stimmung beim Mittagessen war gedrückt. Die Jungen und Mädchen machten einen Bogen um die Knickerbocker. Von den anderen abgesondert, saßen die vier am unteren Ende der langen Tafel.

„Dominik, wie konntest du das tun? Und warum hast du nichts gesagt?“, fragte Lilo bestimmt schon zum hundertsten Mal an diesem Tag.

Ihr Kumpel antwortete nicht. Aus den Augenwinkeln beobachtete er Dagmars Gesicht. Sie ließ ihn keine Sekunde aus den Augen.

Poppi bemerkte, was sich zwischen Dagmar und Dominik abspielte. Sie stieß Lilo mit dem Ellbogen an und machte sie auf die seltsamen Blicke aufmerksam.

Was war da nur los? Was war in der Nacht geschehen und weshalb schwieg Dominik so eisern?

Am Nachmittag stand wieder Schwimmen auf dem Programm. Axel, der zwar am Mittagessen teilgenommen hatte, wollte lieber zu Hause bleiben. Der Weg zum Strand war für ihn noch zu weit.

Nachdem alle losgezogen waren, setzte er sich vor dem Haus in einen Liegestuhl. Die Sonne schien ihm auf den Bauch und bald war er eingeschlafen.

Aufgeweckt wurde er später von einer kühlen Hand, die sich auf seine Stirn gelegt hatte. Erschrocken blickte er auf und sah über sich Franziska. Sie lächelte verlegen und wischte sich die Hände an der Hose ab.

„Äh! Ich wollte nur prüfen, ob du Fieber hast. Der Doktor hat angerufen und nach dir gefragt. Sonne ist vielleicht nicht ganz das Richtige."

„He, was heißt ‚angerufen'? Ich dachte, es gibt kein Telefon auf der Insel!", sagte Axel.

Franziska merkte, dass sie sich verplappert hatte. Sie bekam rote Flecken im Gesicht und begann sich nervös mit ihren Haaren zu beschäftigen. „Äh … also … du darfst es Ola bitte nicht verraten, sonst ist er sauer auf mich! Er hat ein Telefon … die Batterien werden mit einer kleinen Solaranlage aufgeladen. Aber … er … er hält es geheim, weil sonst alle Kinder daheim anrufen wollen. Das … äh … geht nicht … verstehst du?“

Axel nickte. „Wieso ist der Kurs eigentlich kostenlos?“, fragte er.

Franziska schien zu überlegen, ob sie ihm antworten sollte. Schließlich meinte sie vorsichtig: „Tja … es ist so … die Übungen wurden von einem Professor an der Universität in Stockholm entwickelt. Wir sollen sie testen und dann berichten.“

„Ein Versuch an Menschen sozusagen!“, erwiderte Axel trocken.

Franziska hob abwehrend die Hände. „Nein, nein! Das Training tut jedem nur gut. Es gibt sozusagen keine Nebenwirkungen. Klar?“

„Und was ist hinter der verbotenen Tür?“, fragte Axel dann völlig überraschend.

Franziska wich einen Schritt zurück.

„Ich … ich muss jetzt gehen“, stotterte sie.

„Was ist hinter der verbotenen Tür?“, bohrte Axel weiter nach.

Die Frau presste die Lippen zusammen.

„Ich will es wissen!“, beharrte der Detektiv auf seiner Frage.

„Also gut.“ Franziska kam ganz nahe an ihn heran. „Äh … das Hotel … also wir haben die Insel gepachtet. Das Hotel hat früher jemand anderem gehört. Hinter der Tür, in diesem Zimmer, ist … ist etwas Schreckliches geschehen. Eine grausame Tat. Und seither … seither … soll eine Art … böser Geist … ein Dämon dort hausen. Er muss immer eingeschlossen bleiben.“

Axel starrte Franziska ungläubig an.

„Jaja, so ist es. Und deshalb rate ich dir, dich von der Tür fernzuhalten. Verstanden?“, warnte sie ihn. Dann grinste sie verlegen und verabschiedete sich hastig.

Axel sah, wie sie in Richtung Hafen lief.

Außer ihm und dem verwirrten Eric war jetzt keiner da. Ola war mit der Gruppe zum Strand gegangen. Die Gelegenheit, sich noch etwas genauer im Haus umzusehen, war günstig.

Während des Strandausflugs beobachtete Lilo die anderen Jungen und Mädchen. Sie tollten ausgelassen durch das Wasser oder lagen auf den Klippen in der Sonne. Einige lasen, andere hatten Kopfhörer auf und hörten Musik. Es wurde Karten und Schach gespielt, und alle schienen sehr vergnügt.

Nur Dagmar verhielt sich merkwürdig.

Und nach einer Weile geschah das Gleiche wie am Tag zuvor: Das Mädchen stahl sich heimlich davon.

Lilo gab Dominik einen Wink und flüsterte: „Los, wir verfolgen sie!“ Aber ihr Kumpel wehrte energisch ab.

„Sag mal, spinnst du total?“, brauste Lilo auf.

Dagmar war bereits zwischen den Bäumen verschwunden. Poppi erklärte sich sofort bereit, ihre Freundin zu begleiten.

Diesmal fand Lilo den Weg spielend. Sie vermutete, dass Dagmar zu der Räucherkammer unterwegs war, und irrte sich nicht.

Auch diesmal stand die Tür offen. Wieder verschwand Dagmar im Inneren der Hütte und kam wenige Minuten später heulend heraus.

„Jetzt nehmen wir das Buch unter die Lupe“, zischte Lilo Poppi zu.

Sie stürmte mit ihrer Freundin die Treppe zum Eingang hinauf. Sie traten in das Halbdunkel. Der flackernde Lichtschein der Kerzen tanzte über die verrußten Wände. Durch Axels Unfall vorsichtig geworden, kontrollierten sie jeden einzelnen Holzbalken, bevor sie darauf stiegen.

Vor dem Haus ertönte eine Melodie. Jemand pfiff ein Lied.

Die Knickerbocker gerieten in Panik. Sie wollten hier nicht entdeckt werden. Lilo handelte schnell. Sie zeigte auf das Loch, das zwischen den Brettern klaffte. Durch die Öffnung schlüpften sie und Poppi in den Raum darunter. Sie drückten sich in eine dunkle Ecke und hielten den Atem an.

Immer zwei Stufen auf einmal nehmend und weiter fröhlich vor sich hin pfeifend, lief jemand in die Hütte und steuerte geradewegs auf das Buch auf dem Tisch zu.

Lilo versuchte, etwas zu erkennen, aber sie sah nur die schwarzen Sohlen der Schuhe. Darüber flatterten Hosenbeine.

Der Unbekannte kritzelte etwas in das Buch, schlug es zu und blies die Kerzen aus. Dann verließ er die Räucherkammer.

Die Detektive suchten die Holzwände nach Astlöchern ab, durch die sie ins Freie spähen konnten. Es gab jedoch keine.

Wenigstens hatte der Unbekannte die Tür nicht abgesperrt oder verriegelt, sondern nur hinter sich zugeschlagen.

Die Mädchen kletterten wieder nach oben und

Lilo zog vorsichtig die Eingangstür auf. Sie steckte den Kopf nach draußen und sah sich um.

Die Luft war rein.

Im hohen Gras aber entdeckte das Superhirn eine neue Spur, die zur Küste führte.

„Eine schöne Pleite!“, seufzte Lilo. „Wir werden jetzt nicht erfahren, was im Buch steht!“

„Wieso?“, fragte Poppi und zeigte auf den Tisch, auf dem das Buch lag. Der Unbekannte hatte es nicht mitgenommen.

SIBA CHEM. INC.

Axel hatte beschlossen, sich im Erdgeschoss umzusehen. Hinter dem großen Aufenthaltsraum gab es eine Tür mit der Tafel *Privat – Eintritt verboten!*

Die Tür war abgeschlossen, doch der Schlüssel lag in Reichweite auf dem Fensterbrett. Axel schloss auf und betrat einen kurzen Gang, von dem vier Türen wegführten.

Gleich hinter der ersten Tür hörte er Eric husten. Weshalb hatten sie ihn eingeschlossen?

Die nächste Tür stand offen. Über einen Stuhl waren Pullis und T-Shirts geworfen. Sie gehörten wahrscheinlich Franziska.

Im Chaos des angrenzenden Raumes wohnte Ola, und hinter der vierten Tür entdeckte Axel ein winziges Büro. Es war so klein, dass darin nur ein Schreibtisch, ein Stuhl und ein schmaler Schrank Platz hatten.

Auf dem Schreibtisch stapelten sich Anmeldeformulare. Die Bestätigungen für die Teilnahme tippte Ola auf einer klapprigen knallorangen Schreibmaschine.

Der Schreibtisch hatte links und rechts Türen, hinter denen Axel Schubladen entdeckte. Er zog eine auf und stieß auf einen Vorrat an Briefpapier und Marken. In der nächsten lagen verschiedene Dokumente und Olas Reisepass. In der untersten aber fand Axel eine Mappe mit der Aufschrift SIBA CHEM. INC.

Wo war ihm dieser Name schon einmal untergekommen? War es in einer Zeitung gewesen? Oder im Fernsehen?

Das Kürzel CHEM. deutete darauf hin, dass SIBA etwas mit Chemie zu tun hatte. INC. war die Abkürzung für Incorporated: SIBA war also eine Firmengesellschaft.

Axel öffnete die Mappe und überflog hastig die zahlreichen Blätter. Ola schien mit dem Unternehmen einen regen Schriftverkehr zu führen.

Ganz unten stieß Axel auf Zeitungsausschnitte.

Auf den Fotos war Ola zu sehen, der einen Arm schützend vor sein Gesicht hielt. Polizisten führten ihn ab. Die Schlagzeilen waren alle schwedisch, und Axel verstand nicht, worum es in den Artikeln ging.

Als er die Papiere wieder in die Mappe steckte, fiel ihm das erste Blatt auf. Es war dicht beschrieben und trug drei Unterschriften. Der Namenszug rechts war eindeutig von Ola.

Es musste sich um einen Vertrag handeln.

Axel schob die Mappe zurück in die Schublade und hörte, wie sich etwas Schweres verschob. Er streckte die Hand aus und ertastete etwas Kühles, Metallenes.

Es war eine Pistole mit einem merkwürdig langen und dicken Lauf. Dahinter lagen zwei Schachteln mit Betäubungspatronen.

Axel schloss die Türen des Schreibtisches und hatte plötzlich das Gefühl, keine Luft mehr zu bekommen. Er hatte einen schrecklichen Verdacht: Vielleicht ging es hier gar nicht um Intelligenztraining! Vielleicht verdiente Ola sein Geld auf eine ganz andere Art und Weise! Falls das stimmte, war er auf etwas Fürchterliches gestoßen. Axels Gedanken überschlugen sich.

Auf keinen Fall durfte Ola bemerken, dass Axel etwas wusste. Sonst würde er ihn bestimmt gleich zum Schweigen bringen.

Axel wollte den privaten Bereich schnellstens wieder verlassen. Doch in diesem Augenblick betrat jemand den Gang.

Unschlüssig standen Poppi und Lilo vor dem Buch. Lilo leuchtete es mit ihrer Taschenlampe an.

Es war in schwarzes Leder gebunden. Die Vorderseite des Deckels wurde von einer goldenen Linie umrahmt, die in das Leder geprägt war. In der Mitte stand in großen Buchstaben der Titel des Buches: *Dagmars Geschichte.*

Lilo wischte sich die Handflächen am T-Shirt ab, bevor sie das Buch aufschlug. Der lederne Deckel war schwer, das Papier gelblich und sehr edel. In einer geschwungenen, altmodisch anmutenden Schrift konnte man lesen:

Es war an einem Mittwoch, als Dagmar Saltkan betrat. Sie war nicht gerne auf die Insel gekommen, weil sie viel lieber zu Hause bei ihren Freunden geblieben wäre. Doch ihr Stiefvater hatte auf dem Kurs bestanden, von dem er sich einiges erwartete. Vor allem hoffte er, dass sich Dagmars schulische Leistungen deutlich verbessern würden.

Lilo blickte auf – das entsprach der Wahrheit: Dagmar war in der Schule ziemlich schwach und ihr Stiefvater fand sich damit nicht ab. Dagmar hatte einmal in einer Pause erwähnt, dass sie in den Ferien einen Kurs besuchen würde.

Auf den folgenden Seiten war dargestellt, was Dagmar während ihrer ersten Tage auf der Insel erlebt hatte.

Es war nichts Besonderes: Meistens ging es nur um das Training, das Essen, das ihr nicht schmeckte, weil sie keinen Fisch mochte, und das Mädchen, mit dem sie Zimmer und Zelt teilte. Dagmar konnte Ilse nicht ausstehen, weil diese ständig mit ihrem hohen Intelligenzquotienten prahlte und sich für etwas Besseres hielt.

Dann stießen Poppi und Lilo jedoch auf eine Eintragung, die sie mehr als überraschte.

Am vierten Tag ihres Aufenthalts hatte Dagmar dieses Buch entdeckt: Das Buch mit ihrer Geschichte, in dem stand, was sie am jeweils nächsten Tag erleben würde. Das Buch, das ihr genau sagte, was sie zu tun hatte, und ihr Schlimmes verhieß, wenn sie sich nicht fügte.

Lilo holte tief Luft.

Dagmar hatte das Buch in ihrem Zelt gefunden. Doch sie durfte nur kurz darin lesen und musste es dann sofort weglegen. Das Buch vereinbarte mit ihr per Eintragung ein Treffen in der Räucherkammer.

Poppi ließ ihren rechten Zeigefinger über die Zeilen gleiten, die unter dem ersten Datum standen:

In dieser Nacht hatte Dagmar ein Kratzen und Rascheln vor dem Zelt gehört. Zuerst wagte sie es nicht, den Kopf ins Freie zu stecken. Schließlich aber tat sie es dennoch. Sie entdeckte eine dicke Schlange mit einem Würfelmuster auf dem Rücken: eine Speikobra – eine Schlange, die sehr giftig war.

„Aber eine Speikobra hat kein Würfelmuster auf dem Rücken", bemerkte Poppi verwundert. „Und diese Tiere leben in Afrika, nicht in Skandinavien. Wahrscheinlich würden sie hier innerhalb kürzester Zeit verhungern."

Lilo fiel etwas ein. Sie blätterte bis zu der Seite mit der Eintragung über den gestrigen Tag:

Sie bereute ihren Fehler. Niemals hätte sie gegen das Gebot des Buches verstoßen dürfen. Niemals hätte sie die vier Kinder aus ihrer Schule rufen dürfen. Aber nun war es zu spät.
Dagmar wusste, dass sie unter keinen Umständen ein Wort verraten durfte – nur ein Wort, und das Buch würde ihre Geschichte zu einem schnellen Ende bringen.
Nach Mitternacht kam die Schlange wieder zu ihrem Zelt gekrochen. Dagmar hatte es geahnt und war in den Wald geflüchtet. Sie lief bis zum Hafen und wieder zurück. Als sie zurückkehrte, war die Schlange verschwunden.
Dagmar wurde gebraucht. Hinter der verbotenen Tür erwartete sie etwas, was nur sie schaffen konnte. Ihre Eltern würden stolz auf sie sein, ganz besonders ihr Stiefvater. Aber es war noch zu früh …

Lilo kombinierte: Dominik musste Dagmar beim Verlassen des Zeltes beobachtet haben. Um Mitternacht war er mit dem Beschatten an der Reihe gewesen. Aber warum schwieg er so hartnäckig? Er musste etwas wissen, sich aber davor fürchten, es zu sagen.

Poppi schnappte hörbar nach Luft. Sie hatte weitergelesen.

Lilo traten fast die Augen aus dem Kopf.

VERBOTENE VERSUCHE?

Axel stand noch immer in dem winzigen Büro. Er hörte, wie jemand an der Gangtür stehen blieb und sie einige Male öffnete und schloss. Die oder der Unbekannte fragte sich wohl, warum die Tür nicht mehr abgesperrt war.

Ich muss mich verstecken, schoss es Axel durch den Kopf. Aber wo?

Unter dem Schreibtisch?

Als er sich hinzuknien versuchte, zuckte ein brennender Schmerz durch sein Bein. Unmöglich! Er konnte also nur hinter die Tür schlüpfen und sich dort gegen die Wand schmiegen.

Die Schritte kamen rasch näher. Eine Zimmertür wurde aufgemacht.

„Hallo, Eric, wie geht es dir?“, hörte Axel Franziska fragen.

Axel atmete erleichtert auf. Wenigstens war es nicht Ola.

Eric stöhnte. „Ich … ich kann mich an nichts erinnern, Franziska. Es ist zum Verzweifeln! Ich sehe diesen Mann vor mir, der mich k.o. geschlagen hat, aber er hat kein Gesicht. Ich weiß nicht, wer es ist.“

„Keiner der Schüler darf von der Sache erfahren. Das gibt sonst einen Skandal und wir verlieren den Auftrag. Ohne Geld können wir aber nicht weitermachen. Du weißt, was das bedeutet“, sagte die junge Frau.

Eric seufzte tief.

Der Detektiv hatte den schrecklichen Verdacht, dass Ola und seine Freunde mit den Campteilnehmern verbotene Versuche anstellten. Vielleicht mischten sie ihnen ein Mittel ins Essen, das ihre Intelligenz steigern sollte.

Axel schauderte.

„Bruderherz, was kann ich nur für dich tun?“, fragte Franziska.

„Gib mir meine Erinnerung zurück. Was ist bloß mit meinem Gedächtnis passiert?“, jammerte Eric.

Axels rechter Handrücken berührte etwas Kühles. Er wandte sich um und sah das Telefon. Es war ein altmodisches Modell, das in einer Ladestation steckte. Ein Kabel führte zum Fenster und von dort hinaus ins Freie. An der Außenwand mussten die Solarzellen angebracht sein.

Vielleicht kann ich das Ding bald gut gebrauchen, dachte Axel und zog das Telefon aus der Halterung.

Franziska verließ ihren Bruder wieder.

Axel wartete noch ein paar Minuten und schlich dann auf Zehenspitzen über den Gang. Die Zähne hatte er fest zusammengebissen.

Schweigend traten Lilo und Poppi aus der Räucherkammer im Wald. In ihren Köpfen ging es drunter und drüber.

Langsam schlenderten sie nebeneinander durch das hohe Gras Richtung Haus.

„Meinst du, sie wird es tun?“, fragte Poppi leise.

Lilo zuckte mit den Schultern.

Dagmar war in der Klasse immer die, die alle zum Lachen brachte. Allerdings wusste Lilo auch, wie ängstlich das Mädchen oft war. Sie fürchtete sich vor schlechten Noten, vor Klassenkameraden, die sie nicht mochten, und vor strengen Lehrern.

Lilo versuchte, sich in Dagmar hineinzuversetzen. Wie wäre es ihr ergangen, wenn sie dieses Buch gefunden hätte? Ein Buch, in dem aufgezeichnet war, was sich zutragen sollte. Ein Buch, das ihr Befehle gab.

Soweit sich Lilo erinnern konnte, hatte Dagmar entsetzliche Angst vor Schlangen. Das Buch schien das ebenfalls zu wissen.

Für den nächsten Tag hatte das Buch einen Schlag gegen die Knickerbocker-Bande angekündigt. Dagmar würde aber erst am Nachmittag ihre Anweisungen bekommen. Es wurde erwartet, dass sie die vier Detektive endgültig von der Insel vertrieb.

Lilo blieb stehen und zeigte auf einen Streifen geknickter Grashalme – hier musste der Verfasser der Zeilen vorbeigegangen sein. Die Spur führte zum Meer.

„Ich sehe nach, wo sie endet", beschloss Lilo.

Poppi wollte ihre Freundin zurückhalten, aber das Superhirn war von seinem Plan nicht mehr abzubringen.

„Geh schon voraus zu den anderen! Sonst bemerkt noch jemand, dass wir abgehauen sind", sagte Lilo.

Der Unbekannte aus der Räucherhütte hatte

ungewöhnlich große Schritte gemacht. Manchmal musste Lilo sogar einen Moment stehen bleiben und genau nachsehen, wo sich der nächste Schuhabdruck befand.

Nach der Wiese kam ein steiler Schotterhang. Am Fuße des Hügels lag ein schmaler Felsstrand, gegen den die Wellen klatschten. Der Wind strich über das Meer und blies Lilo sanft ins Gesicht.

Mist, dachte sie, hier hört die Spur auf. Wohin ist der Kerl bloß verschwunden?

Sie blickte die Küste hinauf und hinunter, konnte aber keinen Hinweis entdecken. Missmutig drehte sie sich um.

Halt! Da war ein Geräusch, das sie kannte. Es war das Tuckern des Fischkutters. Es kam aus einer Bucht, die etwas weiter links liegen musste.

Lilo lief am oberen Rand des Hanges entlang, bis sie einige mächtige Felsen erreichte. Sie kauerte sich hin und begann, vorsichtig den Kopf zu heben.

Unter ihr erstreckte sich eine u-förmige Bucht, die von steilen Felswänden begrenzt wurde. Der Fischkutter war in der Bucht vor Anker gegangen.

Eine Strickleiter reichte von den Klippen bis zum Meer.

Der Kutter verließ gerade die Bucht. Lilo bildete

sich ein, hinter dem Steuerrad den Fischer zu erkennen. War er allein an Bord?

Lilo wollte sich nun aus dem Staub machen. Eine krächzende Stimme hielt sie jedoch zurück.

BELAUSCHT

Lilo duckte sich. Der Schreck überkam sie wie eine glühende Welle. Wer war das?

Eine zweite Stimme! Sie krächzte etwas weniger.

Lilo atmete tief durch und versuchte, sich zu beruhigen: Niemand hatte sie angesprochen – sie wurde nur Zeugin eines Funkgesprächs.

Wieder hob sie vorsichtig den Kopf. Die Stimmen erklangen von der Stelle, an der die Strickleiter am Felsen befestigt war. Hinter den Felsen musste sich jemand verbergen.

„Bist du sicher, dass du hierbleiben möchtest?“, fragte die Stimme aus dem Funkgerät. Bestimmt gehörte sie dem Skipper des Kutters.

„Ja, ich muss mich darum kümmern, dass jetzt

so kurz vor dem Ende nicht noch etwas schiefläuft. Diese vier Kinder schnüffeln herum wie die Bullen", antwortete der andere. Lilo konnte ihn nur schlecht verstehen. Der Wind und das Rauschen des Meeres mischten sich mit seinen Worten.

„Lass dich nicht erwischen!", warnte die Stimme aus dem Funkgerät.

„Wofür hältst du mich, Karl? Bisher ist doch alles perfekt gelaufen. Die vier Schrumpfkommissare sind nur zäher, als wir gedacht haben. Also, ich hätte mich in ihrem Alter nicht mehr auf die Insel getraut. Wir hätten noch härtere Bandagen anlegen sollen."

„Meinst du, die wissen, was du vorhast?"

„Niemals. Sie sind zwar nicht auf den Kopf gefallen, aber mein Plan ist zu gut! Außerdem wird ihnen die Kleine das Handwerk legen. Das habe ich ihr heute aufgetragen. Sonst bekommt sie wieder von der Schlange Besuch!"

Ein raues Lachen war die Antwort. „Wie machst du das eigentlich?"

„Ich brauche nur ein ferngesteuertes Stück Gartenschlauch. Die Kleine packt schon beim ersten Anblick die Panik."

Lilo wurde schwindlig. Sie hatte vor lauter Anspannung die ganze Zeit über die Luft angehalten. Stoßweise atmete sie jetzt ein und aus.

Der Mann hinter den Felsen beendete das Gespräch mit den Worten: „Hol mich in drei Stunden ab, verstanden? Und halt mir die Daumen, dass in der Zielgeraden alles klappt! Übermorgen komme ich dann wieder auf die Insel. Aber dann hochoffiziell. Keiner wird ahnen, dass ich nur noch den Schluss unseres netten kleinen Gruselstücks sehen möchte."

Die Stimme aus dem Funkgerät verabschiedete sich mit „Over and out".

Der Unbekannte entfernte sich mit knirschenden Schritten. Lilo konnte ihn nicht sehen. Sie wagte es nicht, sich an seine Fersen zu heften.

So schnell wie möglich kehrte sie zum Strand zurück, wo die Jungen und Mädchen gerade ihre Sachen zusammenpackten. Lilo gesellte sich zu Poppi und tat so, als sei nichts geschehen. Keinem war ihr Verschwinden aufgefallen.

Auf dem Rückweg schob sich Lilo neben Dominik und raunte ihm zu: „Ich weiß jetzt alles. Ich weiß auch, dass du geschwiegen hast, weil du Dagmar nicht in Gefahr bringen wolltest. Sie wird von jemandem bedroht."

Dominik war erleichtert.

Irgendwie musste es die Bande noch heute schaffen, eine geheime Knickerbocker-Konferenz abzuhalten. Es gab so viel zu bereden.

Ein Grinsen huschte über Lilos Gesicht. Ihr war etwas eingefallen.

Vor dem Abendessen verteilte Franziska an alle Briefpapier und Ansichtskarten. Die Besucher des Camps mussten wieder einmal Grüße nach Hause schicken.

„Aber wozu?“, fragte ein weizenblondes Mädchen. „Übermorgen ist doch Besuchstag und meine Eltern kommen garantiert.“

Franziska überdachte den Einwand und meinte schließlich: „Nichts da, die Regel lautet: zwei Karten pro Woche. Sei nicht so faul!“

Lilo begann, sich ihrer Nasenspitze zu widmen. Dagmars Mutter hatte von ihrer Tochter erst eine Karte erhalten. Wo waren die übrigen geblieben? Sie mussten abgefangen worden sein ...

Lilo stand vom Tisch auf und warf einen schnellen Blick in Dagmars Richtung. Ihre Mitschülerin saß über einen Bogen Briefpapier gebeugt, den sie schon halb vollgeschrieben hatte.

Und dann kam Lilo noch eine Idee. Vielleicht

schaffte sie es, mit Dagmar schriftlich Kontakt aufzunehmen.

Auch während des Abendessens hielten die übrigen Campteilnehmer von den vier Freunden Abstand, sprachen nicht mit ihnen und gaben ihnen deutlich zu verstehen, wie unerwünscht sie waren.

„Hochnäsiges, blödes Pack!", schimpfte Axel leise vor sich hin. „Die bilden sich alle ein, etwas Besseres zu sein. In Wirklichkeit sind sie die langweiligsten Doofköpfe, die mir je begegnet sind. Den meisten regnet es bestimmt in die Nasenlöcher, weil sie so eingebildet sind."

Das weizenblonde Mädchen hatte ihn gehört und warf ihm einen hochmütigen Blick zu. „Du bist ja ein echter Bauer!", näselte es.

Neben dem Mädchen saß ein Junge mit schmalem Gesicht, der ungeheuer blass war. Keiner der Knickerbocker hatte ihn jemals lachen gesehen. Er schüttelte missbilligend den Kopf und meinte: „Ich dachte, das wäre ein Elite-Feriencamp, aber wenn ich euch so ansehe, kann ich mich nur getäuscht haben."

Axels Ohren begannen zu glühen. Er tauchte den Suppenlöffel in den etwas schleimigen Erbseneintopf und schon flog eine Ladung der eklig wirkenden Masse durch die Luft. Es war ein Volltreffer. Ein riesiger Klecks landete genau auf der Nase des arroganten Strebers.

„Los geht's! Wir zeigen's ihnen!", rief Axel.

Sofort begannen auch seine Kumpel, die anderen mit dem Erbsenbrei zu bespritzen.

Augenblicklich brach das totale Chaos aus. Die Knickerbocker-Bande verwandelte die Campteilnehmer innerhalb weniger Sekunden in lächerliche grüne Schleimmonster. Dminik traf einen der Jungen mitten auf die Brust.

Kreischend und fluchend sprangen die Jungen und Mädchen auf.

Die Bänke krachten zu Boden, und ein Junge stieß so ungeschickt gegen den Tisch, dass dieser umkippte.

Ola fuchtelte wild mit den Armen und brüllte: „Aus, Ende! Hört auf der Stelle auf!"

Sein Gesicht war fast so rot wie sein Haar. Auf seiner Stirn zeichnete sich eine dicke Ader ab. Empört rannte er auf die Bande zu und pflanzte sich vor ihr auf: „Derart ungezogene Kinder sind mir noch nicht untergekommen! Ich werde dafür sorgen, dass ihr morgen alle vier nach Hause geschickt werdet. Solche Subjekte können wir hier nicht gebrauchen. Verschwindet auf eure Zimmer! Und wenn ich nur einen Ton höre, sperre ich euch in den Keller." Er zeigte mit ausgestrecktem Arm auf das Haus. Die anderen Teilnehmer des Ferienlagers grinsten triumphierend. Diesen vier Großmäulern hatte es Ola jetzt aber ganz schön gegeben.

Mit hängenden Köpfen trotteten die Knickerbocker ins Haus. Kaum hatten sie die Tür hinter sich geschlossen, hoben sie die Hände und klatschten einander ab.

„Geschafft!", flüsterte Lilo stolz.

Sie hatten nämlich die Schlacht geplant gehabt. So konnten sie sich zurückziehen und endlich ungestört beratschlagen, ohne dass jemand Verdacht schöpfte.

Nun lagen und saßen sie also im Zimmer der Jungen und jeder erzählte, was er alles herausgefunden und erlebt hatte. Keiner der vier ahnte, dass sie belauscht wurden: Als die Detektive im Haus verschwunden waren, hatte sich der Mann, auf den Lilo bei den Klippen gestoßen war, aus einem Gebüsch gelöst und war an das Gebäude herangeschlichen. Er hatte sich umgesehen und ein Gerät aus der Tasche gezogen, das wie ein Megafon mit Kopfhörern aussah. Damit konnte er jedes Wort hören, das im Haus gesprochen wurde. Er hatte es schon in den vergangenen Tagen eingesetzt, um Dagmar zu überwachen. Konzentriert kniff er die Augen zusammen, als er Lilos Plan vernahm …

TRÜGERISCHER FRIEDEN

Lilo rieb sich immer wieder mit der flachen Hand über die Nasenspitze. Die Beobachtungen, die die Bande zusammengetragen hatte, ergaben keinen Sinn.

Da war diese verbotene Tür. Was sollte sich dahinter so Schreckliches abgespielt haben?

Und da waren die Aufzeichnungen, die Axel in Olas Schreibtisch entdeckt hatte. Wurde hier tatsächlich ein Medikament getestet? War das die Erklärung dafür, dass der Kurs kostenlos war?

Und wer steckte hinter der hässlichen Sache mit dem Buch?

„Dagmar soll fertiggemacht werden, das steht fest", sagte Lilo nachdenklich.

„Sie ist in totaler Panik", meinte Dominik. „Wie funktioniert die Geschichte mit dem Buch überhaupt?"

Lilo lachte auf. „Das ist ganz einfach: Der Verfasser des Buchs sorgt dafür, dass die Dinge auch eintreten, die er niederschreibt. Und er tut das sehr geschickt. Er muss Dagmar genau kennen, denn er weiß, was ihr am meisten Angst macht."

Am liebsten hätte Lilo Franziska oder Ola alles erzählt. Aber konnte man ihnen trauen?

„Ich habe Dagmar einen Brief geschrieben. Den müssen wir ihr noch heute Abend zustecken. Sie muss erfahren, was hier wirklich läuft!", sagte das Superhirn bestimmt.

Kurz vor neun kam Franziska zu den vier Knickerbockern. Sie sah sie kopfschüttelnd an und fragte vorwurfsvoll: „Was habt ihr euch nur dabei gedacht?"

Axel stellte eine Gegenfrage: „Sagen Sie mal, gehen Ihnen diese Möchtegerngenies eigentlich nicht auch auf den Geist?"

Franziska wollte schon zustimmen, sagte dann aber nur: „Marsch ins Bett! Ihr schlaft heute im Haus! Ola ist gerade dabei, eure Rückreise zu organisieren."

Kaum war Franziska gegangen, drehte sich Lilo entsetzt zu den anderen um. „Wir müssen unbedingt bis übermorgen auf Saltkan bleiben. Übermorgen wird sich nämlich herausstellen, was dieser faule Zauber um Dagmar soll."

Axel grinste triumphierend und holte das Telefon aus der tiefen Tasche seiner Schlotterhose. „Ohne dieses Ding wird sich Ola mächtig schwertun, mit unseren Eltern zu reden." Seine Kumpel klopften ihm anerkennend auf den Rücken.

Lilo zeigte ihnen den Brief für Dagmar und meinte: „Sobald alle in den Zelten sind, bringe ich ihn ihr. Und dann laufe ich in den Hafen und mache das Motorboot fahruntüchtig. Ola soll nicht auf die Idee kommen, uns vielleicht selbst nach Stockholm zu bringen."

Gesagt, getan. Um halb elf verließ Lilo das Haus. Sie benutzte nicht die Treppe, sondern kletterte die Regenrinne hinab. Unschlüssig blieb sie vor Dagmars Zelt stehen. Sollte sie ihr den Brief in die Hand drücken? Sie entschied sich dagegen. Dagmar war so ein Nervenbündel, dass sie den Brief bestimmt sofort vernichtete. Fand sie ihn aber, ohne zu wissen, von wem er war, würde sie ihn lesen.

Lilo hatte den Brief zur Sicherheit nicht unterschrieben. Dagmar musste also die ganze Nachricht aufmerksam lesen, um zu erfahren, von wem sie stammte.

Vorsichtig schob Lilo den gefalteten Zettel durch den Schlitz beim Klettverschluss des Zelteinganges. Dann lief sie Richtung Birkenwald.

Kaum war sie im Halbdunkel verschwunden, trat jemand aus den Büschen und näherte sich Dagmars Zelt. Er fischte den Brief wieder heraus und schob einen anderen hinein. Mit teuflischem Grinsen zerriss er Lilos Brief in viele kleine Schnipsel, die er in seiner Hosentasche verschwinden ließ.

Am nächsten Morgen vor dem Frühstück hörten die Knickerbocker Ola wütend schreien. Franziska verteidigte sich, ebenfalls brüllend. Offensichtlich ging es um das verschwundene Telefon, von dem ja niemand etwas wissen durfte.

Beim Frühstück blickte Lilo vorsichtig in Dagmars Richtung. Zum ersten Mal seit ihrer Ankunft erntete sie ein freundliches Lächeln. Als sich die Kursteilnehmer erhoben, gab Dagmar Lilo ein Zeichen, ihr zu folgen. Sie gingen hinter das niedrige Häuschen mit den Duschen, wo sie ungestört reden konnten.

„Sorry wegen der vergangenen Tage … aber … Also Schwamm drüber, okay?“, begann Dagmar.

Lilo lächelte erleichtert und nickte.

„Ich bin so froh, dass ihr gekommen seid. Aber ihr braucht euch keine Sorgen mehr zu machen. Es ist alles wieder in Ordnung.“

„Alles in Ordnung?“ Lilo traute ihren Ohren nicht.

„Ja! Ich weiß jetzt, was das mit dem Buch zu bedeuten hat. Es war nur ein Test. Ein weiterer Test. Ich habe ihn bestanden“, erklärte Dagmar und fuhr sich mit den Fingern unruhig durch das Haar.

„Wie hast du das von dem Test erfahren?“, wollte Lilo wissen.

Dagmar machte eine abfällige Handbewegung. „Ach, das ist eine lange Geschichte. Die erzähle ich dir ein anderes Mal. Tut mir leid, dass ich euch hergelotst habe. Ihr habt wohl meinetwegen Ärger bekommen, nicht wahr?“

Lilo zuckte mit den Schultern. „Nicht so wild, das halten wir schon aus.“

Der Rest des Tages verlief ohne besondere Vorkommnisse. Dagmar verbrachte viel Zeit mit den Freunden. Sie hatte auch mit Ola gesprochen und Dominiks Übergriff als Missverständnis dargestellt.

Ola hatte ihr zwar nicht ganz geglaubt, doch er hatte nicht lange nachgefragt. Als die Knickerbocker-Bande sich kurze Zeit später für die Erbsenbreischlacht am Vorabend entschuldigte, nahm er die Entschuldigung an und brachte sogar ein Lächeln zustande.

Misstrauisch musterte Lilo das Gesicht mit den hellblonden Augenbrauen und Wimpern. Hatte Ola unter der Maske gesteckt? Nein! Lilo schob den Verdacht wieder beiseite.

Am Nachmittag wurde die Bootsanlegestelle mit bunten Fahnen geschmückt. Die Eltern, die erwartet wurden, sollten fröhlich willkommen geheißen werden.

Auch rund um das alte Hotel wurde alles für ein großes Fest vorbereitet. Laternen und Lampions wurden aufgehängt, die Säulen der Veranda mit buntem Krepppapier umwickelt, und um das Gebäude wurde eine prächtige Girlande gezogen, die Franziska mit den Jungen und Mädchen aus Gräsern, Blumen und dünnen Ästen geflochten hatte.

Am Abend stellte Franziska überall im Garten Fackeln auf. Eric, der noch immer sehr schwach und krank wirkte, half ihr dabei. Die Kursteilnehmer schienen ihn zu kennen und begrüßten ihn herzlich.

Auf die Frage, wie es ihm ging, antwortete er: „Na ja, ich hatte eine schwere Grippe. Aber Unkraut verdirbt nicht."

Über die Insel schienen sich Ruhe und Frieden zu senken. Die Spannung der vergangenen Tage war verflogen. Die Besucher des Feriencamps grollten den vier Knickerbockern nicht mehr. Dagmar verhielt sich erstmals ungezwungen.

Lilo freilich knetete ihre Nasenspitze und ließ ihren Blick über die munter plappernden Mädchen und Jungen streifen. Im flackernden Schein der Fackeln saßen sie im Garten und freuten sich schon auf den Besuch der Eltern am kommenden Tag.

Lilo traute dem Frieden nicht.

STIEFVATER UND GRIESGRAM

Axel erwachte früh. Er hatte draußen im Zelt geschlafen und sein Bein schmerzte. Es war über Nacht steif und unbeweglich geworden.

Stöhnend kroch er aus dem Zelt und streckte sich, gähnte zweimal und versuchte, das Knie vorsichtig anzuwinkeln. Die Wunde verheilte gut, aber es tat noch immer ziemlich weh.

Außer ihm war keiner auf. Es war ein wunderbarer Morgen. Die Vögel zwitscherten, in der Ferne war das Rollen der Wellen zu hören, und über ihm wölbte sich ein blitzblauer Himmel.

Um etwas Bewegung zu bekommen, hinkte Axel auf dem schmalen, mit Steinplatten belegten Weg um das Haus herum. Eher zufällig warf er einen

Blick durch die Fenster des Erdgeschosses. Die meisten waren geschlossen und Vorhänge versperrten die Sicht.

An der Hinterseite des Hauses standen jedoch drei Fenster offen. Aus zweien kam tiefes Atmen, aus einem Schnarchen. Axel stand vor den Schlafräumen von Franziska, Eric und Ola. Er grinste kurz und humpelte weiter.

Das nächste Fenster war geschlossen. Dahinter lag Olas Büro.

Axel duckte sich. In dem kleinen Raum war jemand! Er hinkte unter das Fensterbrett und hob langsam den Kopf. Vorsichtig spähte er über die weiß gestrichene Kante.

Es war Dagmar!

Sie schien etwas zu suchen. Axel beobachtete, wie sie etwas aus einer Schublade holte und einsteckte. Dann verließ sie das Büro.

Schnell humpelte Axel zur Veranda und versteckte sich dort. Dagmar trippelte aus dem Haus und schlich auf Zehenspitzen zurück in ihr Zelt. Was hatte sie geholt? Axel musste sofort seinen Freunden davon erzählen. Er zog sich an der Brüstung der Veranda hoch und wollte sich zu den Zelten aufmachen.

„Nanu, schon so früh wach?", fragte da eine Stimme über ihm.

Er blickte hoch und sah in Olas verschlafenes Gesicht. Sollte er Dagmar verpetzen?

Olas Haare standen wie Igelstacheln vom Kopf ab. Er gähnte und streckte sich und kam zu Axel. Fürsorglich untersuchte er das Knie. „Kommen eure Eltern eigentlich auch?", erkundigte er sich.

Axel schüttelte den Kopf. Ihre Eltern hatten leider keine Zeit für eine Reise nach Schweden. Ob Ola sie wohl noch immer nach Hause schicken wollte?

„Gut!", lautete Olas Antwort.

„Gut? Was ist daran gut?", fragte Axel überrascht.

Ola stellte klar, was er gemeint hatte. „Natürlich ist es nicht gut, dass ihr keinen Besuch bekommt. Ich habe dein Knie gemeint!" Offensichtlich dachte er gar nicht mehr daran, die vier aus dem Ferienlager zu entfernen.

Ola holte die kleine Trompete aus dem Flur und blies seinen Weckruf. An diesem Tag spielte er so falsch, dass alle stöhnend aus den Zelten krochen und ihn anflehten aufzuhören.

Axel fand keine Gelegenheit, ungestört mit seinen Freunden zu reden. Immer war jemand in der Nähe.

Um elf Uhr fuhr dann das Schiff mit den Eltern in den Hafen ein. Es war ein alter Ausflugsdampfer, der bei der Ankunft ein lautes Tuten ertönen ließ.

Die Wiedersehensfreude war groß. Fast alle wurden von ihren Eltern besucht, und von manchen waren sogar Großeltern, Patentanten, Onkel und Geschwister nach Saltkan gereist.

Dagmar umarmte ihre Mutter stürmisch und begrüßte ihren Stiefvater.

„Wir haben dir jemanden mitgebracht“, verkündete Dagmars Mutter mit geheimnisvoller Miene. Hinter ihr tauchte ein schlaksiger junger Mann auf. Er lächelte Dagmar strahlend an und strich sich das mittellange Haar aus dem Gesicht.

„Oliver!“, jubelte Dagmar und lief auf ihn zu. Sie warf sich an seine Brust und er grinste verlegen.

„He, ich wäre wirklich froh, wenn sich meine Freundinnen an dir ein Beispiel nehmen würden“, scherzte er.

Dagmar blickte ihren Stiefvater ängstlich an. Dieser war nicht sehr groß, etwas dicklich und hatte schwarzes gelocktes Haar, das einen dichten Kranz um seine Halbglatze bildete. Besonders freundlich

oder herzlich sah er nicht aus. Er wirkte irgendwie verbittert. Es war nicht zu übersehen, dass Dagmar und er sich nicht gerade gut verstanden.

Dagmar zog den jungen Mann zu den vier Knickerbockern, die etwas abseitsstanden. „Darf ich dir meine Freunde vorstellen? Leute, das ist mein Lieblingscousin Oliver!“

Oliver reichte ihnen die Hand und nickte.

„Hast du meinen Brief bekommen?“, fragte Dagmar leise. Ihre Stimme war auf einmal wieder sehr ängstlich und zittrig.

Oliver legte ihr den Arm um die Schulter. „Habe ich, aber ich habe nicht kapiert, was du mir damit sagen wolltest.“

„Danke, dass du dennoch mitgekommen bist!“, hauchte Dagmar.

Olivers Blick wanderte in eine andere Richtung. „Na ja, ich muss dir etwas gestehen. Ich bin deinetwegen gekommen, aber auch ihretwegen.“ Er zeigte auf Franziska, die bereits freudig auf ihn zulief.

Axel verzog grinsend das Gesicht. „Immer dieses Geschmuse“, spottete er.

Dagmar schluckte. Ihr war die Enttäuschung anzusehen. Ihr Stiefvater trat zu ihr und fragte: „Und, tut dir das Camp gut? Machst du Fortschritte? Ich bin ja so zuversichtlich!“

Dagmar biss sich auf die Unterlippe.

Ihre Mutter bemerkte es und sagte schnell: „Ich hoffe, du fühlst dich hier wohl und hast vor allem schöne Ferien. Das ist das Wichtigste.“

„Das Wichtigste ist, dass deine Tochter endlich einmal ein bisschen auf Zack kommt. Die Nachhilfestunden verschlingen ein Vermögen“, brummte ihr Mann.

Dagmars Mutter atmete tief durch, verkniff sich dann aber, etwas zu entgegnen.

Lilo sah die Tränen in Dagmars Augen. Das Mädchen hatte ihr erzählt, dass ihre Mutter den Mann erst seit zwei Jahren kannte.

„Seid ihr mit dem Flugzeug gekommen?“, fragte Dagmar, um das peinliche Schweigen zu brechen.

„Jürgen ist schon seit zehn Tagen hier. Ich bin mit dem Zug nachgekommen“, erzählte die Mutter. „Und mit Oliver haben wir uns auf dem Schiff verabredet.“

Lilo hatte die Worte interessiert aufgeschnappt und begann Dagmars Stiefvater von Kopf bis Fuß zu mustern.

Nein, der Mann konnte weder Knut noch den Fischer gemimt haben. Die beiden waren groß und schlank gewesen. Aber möglicherweise war er derjenige, den sie vorgestern auf den Klippen belauscht hatte. Lilo hatte die Stimme immer nur durch das Brausen des Windes und das Rauschen des Meeres gehört.

Blödsinn! Weshalb sollte Dagmars Stiefvater seiner Tochter so einen Schreck einjagen?

Franziska und Oliver standen beisammen und strahlten einander an.

„Also, mit dir habe ich wirklich nicht gerechnet. So eine Überraschung!", sagte Franziska zum x-ten Mal und fuhr sich dabei durch die Haare.

Dagmar beobachtete sie eifersüchtig. Schließlich stampfte sie zornig auf und lief davon. Oliver rief ihr etwas nach, aber sie reagierte nicht. Franziska musste sich entschuldigen: Ola brauchte sie.

Dagmars Cousin trat zu den vier Knickerbockern und fragte leise: „Sagt mal, habt ihr eine Ahnung, was mit meinem Cousinchen los ist? Sie hat mir einen total verwirrten Brief geschrieben. Von einem Buch, das sie verfolgt und bedroht ..."

Dominik und Lilo zogen Oliver zur Seite und klärten ihn über die Sache auf. Es gab keinen Grund, sich darüber lustig zu machen.

Oliver wurde nachdenklich. „Junge, Junge, wer ist zu so einer Gemeinheit fähig?", murmelte er kopfschüttelnd. „Ich werde mich sofort um Dagmar kümmern. Sie mag mich sehr und ich sie auch."

Lilo druckste ein wenig herum, bevor sie die nächste Frage herausbrachte: „Könnte Dagmars

Stiefvater etwas mit den merkwürdigen Vorgängen zu tun haben?“

Oliver schnaubte verächtlich. „Dem alten Griesgram traue ich einiges zu. Ich verstehe bis heute nicht, was meine Tante an ihm findet.“

Ola stand auf einem Stein und benutzte die Hände als Schalltrichter: „Darf ich Sie jetzt bitten, mir zu folgen!“, rief er den Besuchern zu und winkte den Umstehenden. Gemeinsam ging es den Hügel hinauf und dann zum Lager.

Die Detektive blieben am Ende des langen Zuges. Alle vier waren in Gedanken versunken.

„Pssst, psst, schnell!“, zischte es da neben ihnen.

Sie drehten sich um und sahen eine Hand, die sie mit gekrümmtem Zeigefinger aufforderte, näher zu kommen.

AUF DEN KLIPPEN

Zögernd blieben die vier Knickerbocker vor den Büschen stehen.

„Schnell, kommt schon!“ Dagmar trat zwischen den Zweigen hervor. Ihr Gesicht war schweißüberströmt. Sie wirkte aufgebracht.

„Was ist los?“, wollte Lilo wissen.

„Ich … ich … das Buch … ich muss es tun … ich habe Angst!“

„Was ist geschehen?“, fragten die Detektive im Chor.

„Ich muss … kommt mit … bitte … lasst mich nicht allein!“, flehte Dagmar.

„Du musst uns sagen, was los ist!“, drängte Lilo.

Dagmar setzte mehrere Male zu einer Antwort

an, brachte aber keinen Satz heraus. Schließlich rannte sie los.

„Hinterher!“, entschied Lilo.

Sie nahm die Verfolgung auf, Poppi und Dominik liefen dicht hinter ihr. Axel machte ein paar schnelle Schritte und ließ es dann gleich wieder bleiben. Das Brennen in seinem Knie war zu stark. Er konnte nicht mithalten. So ein Mist! Wütend schlug er mit der Faust gegen einen Baumstamm und humpelte dann Richtung Zeltlager.

Dagmar schien den Weg zu kennen. Sie rannte in einem großen Bogen um die Senke, in der sich das Lager und das Hotel befanden. Von dort steuerte sie auf das Nordufer zu, an dem der Badestrand lag. Wollte sie zur Räucherhütte?

Ohne auch nur ein einziges Mal anzuhalten, hetzte Dagmar voran. Bald wurde Lilo klar, was ihr Ziel war: die Bucht, in der sie den Fischkutter beobachtet und das Funkgespräch belauscht hatte.

Keuchend erreichte Dagmar die Stelle, an der die Strickleiter noch immer über die steilen Klippen bis zu den Felsen hinunterhing, die aus dem Wasser ragten. An den nassen Rändern war zu erkennen, dass die Felsen bei Flut vom Meer völlig bedeckt waren.

„Was sollen wir hier?“, japste Dominik. Seine Lunge brannte, er hatte Seitenstechen und einen sonderbaren Geschmack im Mund.

„Dort unten ist es!“, schluchzte Dagmar.

„Ist was?“, fragte Lilo.

„Bitte, ihr müsst mir helfen, ich trau mich nicht. Bitte! Wenn ich es nicht schaffe, ist alles aus“, jammerte Dagmar.

„Ich verstehe überhaupt kein Wort!“, brummte Poppi unruhig.

Dagmar geriet immer mehr in Verzweiflung. „Ich habe solche Höhenangst. Ich trau mich da nicht runter! Aber … aber wenn ich es nicht hole, geschieht ein großes Unglück. Das Buch hat es mir vorausgesagt.“

Lilo beugte sich über die Kante der Klippen und äugte in die Tiefe. Außer Wasser und grauen Felsen, die von grünen Algen überzogen waren, sah sie nichts.

Dagmar schien ihre Gedanken lesen zu können. „Im Wasser, es ist im Wasser, aber jetzt bei Ebbe kann man es herausholen.“

Lilo verstand noch immer nicht, was Dagmar wollte. Trotzdem schwang sie sich auf die Strickleiter und stieg zum Meer hinab.

Poppi und Dominik legten sich auf den Bauch und verfolgten von oben, wie Lilo vorankam.

„Nein, ihr zwei müsst auch runter. Unbedingt! Es ist zu schwer, Lilo kann es nie allein tragen. Bitte, schnell! Wir haben keine Zeit mehr!“, drängte Dagmar.

Poppi und Dominik sahen sich fragend an.

Dominik, der schon immer entsetzliche Höhenangst hatte, schüttelte den Kopf. „Niemals, ich klettere da nicht hinunter!“

Dagmar rang verzweifelt die Hände. „Bitte, Dominik, lass mich nicht im Stich!“, flehte sie. Plötzlich fiel ihr auf, dass das vierte Mitglied der Bande fehlte. „Wo ist denn Axel?“, fragte sie, und ihre Stimme überschlug sich fast.

Dominik und Poppi zuckten mit den Schultern.

Dagmar begann, wie wild mit den Armen zu rudern. Sie rang nach Worten und schien völlig durcheinander zu sein.

„Was ist denn?“, fragte Dominik besorgt.

Da drang ein entsetzter Schrei aus der Tiefe. Erschrocken spähten Poppi und Dominik in den Abgrund und sahen das Oberhaupt der Bande auf einem der großen Felsen liegen. Lilo hielt sich das Bein, ihr Gesicht war schmerzverzerrt.

„Eine der letzten Sprossen ist gebrochen! Ich bin abgestürzt!“, rief sie.

Poppi zögerte keinen Augenblick mehr, sondern schwang sich sofort auf die Leiter, um Lilo zu Hilfe zu kommen.

Dominik zog den Kopf zurück und schüttelte sich wie ein Hund, der nass geworden war. Der Blick nach unten hatte ihm kalte Schauer über den Rücken gejagt.

„Du bist ein feiner Freund! Du kannst doch Lilo nicht einfach so im Stich lassen!“, empörte sich Dagmar lautstark. „Na ja, Jungen sind eben zu nichts zu gebrauchen – eine große Klappe und nichts dahinter!“

„He, was soll das? Ich bin nicht feige!“, protestierte Dominik. Dagmar hatte einen wunden Punkt getroffen.

Dominik stieg auf die Strickleiter und kletterte Sprosse für Sprosse hinunter. Dabei vermied er jeden Blick in die Tiefe. Er sah nur auf die graue, zerklüftete Felswand vor sich und versuchte, ruhig zu atmen.

Bei Lilo angelangt, untersuchten Poppi und Dominik das verletzte Bein. Dominik hatte einen Erste-Hilfe-Kurs gemacht. Er tastete das Bein ab und stellte fest: „Es ist nicht gebrochen, nur verstaucht!“

„Mir egal, tut trotzdem weh. Wie komme ich nur wieder rauf?“, ächzte Lilo.

Neben ihnen ertönte ein Klappern wie von Kastagnetten.

Verdutzt starrten die drei Knickerbocker auf die Strickleiter. Am Rand der Klippen stand Dagmar. Sie hielt das Messer in der Hand, mit dem sie die beiden Verankerungen der Leiter durchgeschnitten hatte. Es waren die auf dem Fels aufschlagenden Holzsprossen, die das Klappern erzeugten.

„Spinnst du, was soll das?“, brüllten die Detektive zu ihr hinauf.

Dagmar schloss die Augen und wandte sich ab. Sie hatte die drei Freunde in eine Falle gelockt. Ihr war keine andere Wahl geblieben.

Die Nachricht, die ihr anstelle von Lilos Brief zugesteckt worden war, hatte einen genauen Auftrag enthalten:

Sei nett zu deinen Freunden! Bedanke dich für ihre Hilfe. Glaube ihnen aber kein Wort. Sie haben einen bösen Plan gegen dich ausgeheckt. Sie lügen und wollen dir nur den

Triumph stehlen. Bring sie zu den Klippen und lass sie in die Tiefe klettern! Danach schneide die Strickleiter durch! Ihnen wird dort unten nichts geschehen, aber sie können dich nicht stören, wenn du tust, was du tun musst: Du wirst die verbotene Tür öffnen und allen zeigen, was sich dahinter befindet. Du rettest damit vielen Menschen das Leben und deckst ein schreckliches Geheimnis auf. Dein Stiefvater wird stolz auf dich sein.

So hatte der Brief gelautet. Dagmar wollte die Geschichte zu Ende bringen – so schnell wie möglich.

Sie rannte zum Haus zurück und holte dabei den Schlüsselring aus der Tasche, den sie am Morgen aus Olas Büro gestohlen hatte. Vier Schlüssel hingen daran.

IN DER FALLE

Nach den ersten Schrecksekunden fragte Dominik: „Und was tun wir jetzt? Wie kommen wir da wieder hinauf?"

Die Felsen wurden vom Meer umspült. Es war unmöglich, ans Ufer zu gelangen. Die Brandung war wild – die Wellen würden sie sofort gegen die Klippen schleudern.

Poppi sagte leise: „Ich … ich … will wirklich keinen Terror machen, aber das Wasser steigt. Und das ziemlich schnell! Die Flut kommt."

Lilo schluckte. Es gab nur einen, der sie jetzt noch retten konnte: Axel. Aber würde er herausfinden, wo sie waren?

Die Party vor dem Hotel war in vollem Gange. Ola hatte bereits eine Rede gehalten und die großen Fortschritte der Campteilnehmer gelobt.

Axel war im Hintergrund geblieben. Er kämpfte mit sich, ob er allen von seinem Verdacht berichten sollte. Doch er hatte keine Beweise. Freiwillig würde Ola die Briefe von SIBA CHEM. INC. bestimmt nicht herausrücken.

Wo steckten nur seine Kumpel? Immer wieder sah er sich nach ihnen um. Zwischen den Bäumen tauchte Dagmar auf. Sie sah abgehetzt aus. Als sie an Axel vorbeilaufen wollte, hielt er sie am Arm zurück.

„Wo sind Lilo, Poppi und Dominik?", fragte er.

Dagmar zuckte gleichgültig mit den Schultern. „Sie sollten längst zurück sein. Wir waren beim Leuchtturm, weil wir dort eine sonderbare Tasche gesehen haben. Aber ... aber sie war leer." Mit einer schnellen Bewegung riss Dagmar sich los. Ihre Mutter rief nach ihr. Widerstrebend ging das Mädchen zu ihr.

Axel fühlte sich immer unbehaglicher. Es war wie vor einem schrecklichen Unwetter, wenn am Himmel bereits tiefschwarze Wolken aufzogen.

Er humpelte über den Rasen, um sich ein paar

der leckeren Fischbrötchen zu holen. Sein Magen knurrte nämlich.

Da ging die Tür des Hauses auf und Eric trat heraus. Er blinzelte verschlafen ins Sonnenlicht und gähnte mehrmals.

„Morgen!“, brummte er. Seine Stimme war belegt, fast heiser.

„Es ist Mittag!“, klärte Axel ihn genüsslich kauend auf.

„Auch gut. Heute fühle ich mich wieder besser. Endlich!“, seufzte Eric.

Er trat zu Axel und nahm das letzte Brötchen von seinem Pappteller.

Eric trug einen ziemlich zerknitterten, rot-blau gestreiften Schlafanzug. Mit verquollenen Augen musterte er die plappernde Menge im Garten.

„Ach ja, der Besuchstag“, murmelte er mit vollem Mund.

Plötzlich verstummte das Schmatzen. Eric fiel das angebissene Brötchen aus der Hand.

Erschrocken drehte sich Axel um.

Eric starrte in die Menschenmenge. Sein Mund stand offen. „Er … er war es! Er hat mich überfallen! Jetzt weiß ich es wieder!“, stammelte er und zeigte auf jemanden.

Axel folgte dem ausgestreckten Zeigefinger mit dem Blick und verschluckte sich. „Bist du sicher?“, stieß er hervor.

Eric nickte stumm.

Dagmar kam auf die beiden zugelaufen.

„Ich muss dir etwas Schreckliches sagen“, keuchte Axel.

Dagmar unterbrach ihn jedoch: „Axel ... Lilo und ... Es ist etwas Furchtbares geschehen! Du musst ihnen helfen!“

„Was ist los?“, wollte Axel wissen.

„Frag nicht! Es geht um Sekunden. Komm!“

„Ich muss dir etwas sagen, Dagmar: Jemand wollte verhindern, dass wir dir zu Hilfe kommen, und hat deshalb Eric überfallen!“, berichtete Axel im Gehen.

Dagmar schien gar nicht zuzuhören. Axel sprach weiter und sie nickte nur, als würde er ihr etwas erzählen, was sie ohnehin schon lange wusste.

In dem Brief, der ein Blatt aus dem rätselhaften Buch gewesen war, hatte ja gestanden: *Glaube ihnen aber kein Wort. Sie haben einen bösen Plan gegen dich ausgeheckt. Sie lügen und wollen dir nur den Triumph stehlen.*

Eric stand noch immer im Pyjama vor dem Hotel. Er wollte seine Schwester alarmieren. Als er die Treppe zum Garten hinunterstieg, warf Franziska ihm einen strafenden Blick zu. Eric verstand, dass er sich anders anziehen musste. So konnte er sich nicht blicken lassen. Er drehte sich um und taumelte ins Haus zurück. Als er den Flur durchquerte, verstellte ihm jemand den Weg. In der Hand des Mannes blitzte eine Injektionsnadel auf.

„Die Wirkung des Serums hat wohl zu schnell nachgelassen“, hörte Eric den Mann sagen.

Axel begriff nicht, warum Dagmar seine Entdeckung einfach so hinnahm. Er versuchte ihr zu erklären, was das bedeutete, aber sie schien ihn nicht ernst zu nehmen.

„Das verfluchte Knie! Ich kann nicht mehr!“, stöhnte Axel. „Außerdem verstehe ich nicht, wieso du mich zum Nordufer bringst. Meine Kumpel sind doch am Südufer, hast du gesagt.“

Dagmar zeigte auf die Räucherhütte, die vor ihnen auftauchte. „Nein, jetzt sind sie da! Axel, es ist alles so schrecklich. Du wirst sehen. Ich ... ich habe dir nicht die Wahrheit gesagt. Ich ...“

Axel hüpfte die schmale, steile Treppe nach oben und stieß die Tür zur Räucherkammer auf. Drinnen war es schwül und dämmrig.

„Und was ist ...?“ Weiter kam er nicht.

Dagmar versetzte ihm einen Stoß, knallte hinter ihm die Tür zu und verriegelte sie.

„Spinnst du, was soll das? Drehst du durch?“, brüllte der Detektiv.

DIE VERBOTENE TÜR GEHT AUF

Axel wurde schlagartig klar, was da ablief: Bestimmt hatte Dagmar auch Lilo, Dominik und Poppi in eine Falle gelockt. Die Geschichte mit dem Leuchtturm war erfunden gewesen. Sie waren sicher ganz woanders. Aber wo?

Ich muss sofort hier raus!, durchzuckte es Axel.

Immer wieder rüttelte er an der Tür. Er warf sich sogar dagegen, sah aber bald ein, dass seine Bemühungen aussichtslos waren.

Axel holte seine Minitaschenlampe hervor und leuchtete damit den Raum ab. Er beäugte das Loch im Boden – darunter sah er die Räucheröfen.

Das brachte ihn auf eine Idee.

Lilo, Poppi und Dominik standen dicht aneinandergedrängt auf dem Felsen im Meer. Das Wasser stieg so schnell, dass sie zusehen konnten.

Dominik deutete stumm zum oberen Rand der grünlichen Fläche auf den Klippen – er befand sich ungefähr in seiner Augenhöhe und zeigte an, wie hoch das Wasser steigen würde.

„Wir müssen versuchen, um die Klippen herumzuschwimmen! Wir haben keine andere Chance!", meldete Dominik.

Lilo stöhnte verzweifelt. Ihr Bein tat entsetzlich weh. Sie hatte keine Ahnung, wie lange sie sich über Wasser würde halten können. Große Sorgen bereitete ihr nicht zuletzt die Strömung in der Bucht. Die Wellen würden sie garantiert gegen die Felsen schmettern.

Axel hatte sich langsam und sehr vorsichtig durch das Loch im Lattenrost in den Raum darunter gleiten lassen. Wieder ließ er den Lichtkreis seiner Taschenlampe über die Wände wandern. Fenster gab es nicht – aber eine Tür! Sie war sehr schmal und niedrig und lag in einer tiefen Nische. Axel humpelte hin und versuchte, sie zu öffnen.

Mist! Die Tür war verriegelt.

Suchend blickte er sich um. Er hatte einen Plan, doch dafür benötigte er noch das richtige Werkzeug.

Da lehnte ein alter Schürhaken. Großartig! Axel packte ihn und schob ihn zwischen Wand und Tür. Bald begannen die Angeln ein unwilliges Knarren von sich zu geben. Mehr tat sich aber nicht.

Axel bekam kaum Luft in der stickigen Hütte. Abermals zog er den Schürhaken mit aller Kraft an. Das Knarren wurde zu einem Splittern. Axel startete einen neuen Versuch.

Diesmal klappte es. Die Tür flog auf und grelles Sonnenlicht strömte in den Raum. Axel torkelte ins Freie und sog gierig die frische Luft ein.

Und jetzt? Wo waren seine Freunde? Und was hatte Dagmar vor? Nach einigem Nachdenken entschied sich Axel dafür, zum Lager zurückzulaufen. Dagmar hatte versucht, ihn und seine Freunde von dort fernzuhalten. Das musste irgendeinen Grund haben.

Obwohl er auf sein Knie kaum Rücksicht nahm, brauchte er ziemlich lange, bis er endlich beim Hotel eintraf. Er sah sich nach Dagmar um, konnte sie aber nirgendwo entdecken.

Franziska wunderte sich über seine verdreckten

Klamotten. Axels Hose und sein T-Shirt waren mit schwarzen Flecken übersät.

„Wo ist Dagmar?", fragte er aufgebracht.

Franziska wusste es nicht. „Wo warst du? Und wo sind deine Freunde?"

„Das wüsste ich auch gerne!", keuchte Axel. Er humpelte zu Dagmars Mutter, die jedoch keine Ahnung hatte, wo ihre Tochter steckte.

Axel kämpfte sich zu Ola durch und packte ihn am Arm. „Bitte, frag jetzt nicht weiter! Dagmar war in deinem Büro. Sie hat etwas an sich genommen. Was kann das gewesen sein?"

Ola starrte Axel entgeistert an.

„Es ist wahr, ehrlich!", versicherte ihm der Detektiv.

Ola stürmte ins Haus.

Axel folgte ihm.

Hastig durchsuchte der Mann die Schubladen seines Schreibtisches. Mit hochrotem Gesicht drehte er sich zu Axel um und fragte scharf: „Woher weißt du eigentlich, dass das mein Arbeitszimmer ist?"

Axel blieb bei der Wahrheit. Ein Wutanfall war die Folge. Ola öffnete den Deckel einer Dose, die neben dem Becher mit den Stiften stand.

Er schnappte hörbar nach Luft und schnaubte:

„Die Schlüssel! Die Schlüssel zum Dachzimmer sind weg."

Er drängte Axel zur Seite und rannte los. Der Detektiv hörte, wie Ola nach oben polterte. Er folgte ihm und hinkte auch an Erics Zimmer vorbei. Eric lag quer auf dem Bett. Seine schlaffen Arme und Beine und die verdrehte Haltung verrieten, dass er betäubt worden war.

„Nein, nicht! Lass das!", hörte Axel Ola schreien.

Axel stürzte zur Treppe und kroch auf allen vieren nach oben ins Dachgeschoss.

Ola war ausgerutscht und mit dem linken Fuß zwischen zwei Stufen geraten.

Axel schob sich an ihm vorbei. Ola packte ihn an der Hose und versuchte, ihn mit aller Kraft zurückzuziehen.

„Du darfst da nicht rauf! Die Tür muss geschlossen bleiben!", schrie er in Panik.

Dagmar stand an der verbotenen Tür. Sie hatte bereits drei Schlösser geöffnet. Das vierte hatte ihr Probleme bereitet, aber nun war es auch offen. Das Metallband quietschte, als sie es zur Seite klappte. Sie griff nach der Klinke und zog die Tür auf.

Dahinter lag ein heller Raum, aus dem eine Gestankwolke kam. Axel sah Seile, einen Autoreifen,

einen Stuhl, einen kleinen Tisch und jede Menge Reste von Bananen und Gemüse.

Es war völlig still.

Und dann flog es heraus – direkt auf Axel zu.

EINE LANGE ERKLÄRUNG

Es war dunkel und haarig und erinnerte an einen Schimpansen. Sein Kopf war unförmig – aus der Stirn schienen Hörner zu wachsen. Die Zähne ragten wie Hauer eines Wildschweins aus dem geifernden Maul der gebückten Kreatur. Die Augen des Wesens glühten. Sie waren gelb und von roten Adern durchzogen. Mit einem gellenden Schrei sprang das Monster auf Axel zu.

Axel war wie versteinert. Das Tier würde ihn im nächsten Augenblick zu Boden reißen. Das Maul hatte es bereits weit aufgerissen, sodass Axel in seinen Schlund sehen konnte.

Ganz knapp vor ihm landete das Tier auf dem Boden. Auf seine Arme gestützt, trippelte es an ihm vorbei und warf sich an Olas Brust. Wie ein Baby schmiegte sich das Wesen an die Wange des Mannes und begann zu schluchzen.

Ola redete beruhigend auf die Kreatur ein und streichelte sie liebevoll.

„Bitte, hilf mir mit meinem Fuß!“, sagte er leise zu Axel. Der Detektiv befreite Ola.

„Und jetzt zieh dich ganz langsam zurück!“, sagte Ola und gab seiner Stimme einen besonders sanften Klang.

Dagmar schien wie hypnotisiert. Sie starrte mit riesigen Augen das Wesen an und taumelte nach hinten.

Ola trug das Tier in das Zimmer und schloss die Tür hinter sich.

Da kletterte Franziska die Treppe herauf und sah Axel und Dagmar mit gerunzelter Stirn an. „Was ist denn hier los?“, fragte sie nervös.

„Das möchte ich auch gerne wissen!“, erwiderte Axel. „Und du sag mir endlich, wo Lilo, Dominik und Poppi stecken!“, zischte er Dagmar an.

Inzwischen war es Abend geworden.

Das Boot der Stockholmer Polizei legte von der Insel Saltkan ab. An Bord befand sich der Mann, der einen gemeinen und grausamen Plan ersonnen hatte. Er würde für lange Zeit hinter Gitter wandern.

Für die drei Knickerbocker auf dem Felsen im Meer war die Rettung gerade noch rechtzeitig gekommen. Das Wasser war ihnen bereits bis zu den Knien gegangen.

Ola hatte eine Erklärung angekündigt. Die Jungen und Mädchen saßen mit ihren Verwandten in einem Halbkreis um die Veranda.

Dort standen Ola, Franziska und Eric, der wieder zu sich gekommen war.

„Wir möchten gleich zu Beginn etwas klarstellen: In diesem Feriencamp ist an den Kindern selbstverständlich kein Medikament getestet worden", sagte Ola einleitend. „Allerdings stimmt es, dass wir eine Forschungsarbeit durchführen. Wir haben die Aufgabe übernommen, neuartige Denksportübungen auf ihre Wirkung hin zu prüfen. Die Übungen sind von einem Professor der Stockholmer Universität entwickelt worden. Er hat uns für den Test bezahlt."

Die Eltern runzelten die Stirn.

„Ich versichere Ihnen, dass alle Teilnehmer aus den Übungen nur Nutzen gezogen haben. Die Testergebnisse sind ausgezeichnet. Falls Sie mir nicht glauben, können Sie gerne mit dem Professor selbst sprechen, der uns morgen besuchen wird."

Das beruhigte die Anwesenden.

„Franziska und Eric haben mich bei meiner Arbeit unterstützt. Ich habe nämlich diese Insel gepachtet, um hier Tieren ein Leben in Frieden und vielleicht sogar Freiheit zu bieten", fuhr Ola fort. „Ich habe mich vor einem Jahr in die Firma SIBA eingeschlichen, nachdem ich von unglaublichen Tierversuchen gehört hatte, die diese Gesellschaft durchführt. Es ging dabei nicht um das Erproben neuer Substanzen, sondern um völlig unnatürliche Kreuzungen verschiedener Tierarten. Das Gerücht entsprach unglücklicherweise der Wahrheit. Ich bin auf die ungeheuerlichsten Wesen gestoßen – eines von ihnen lebt oben unter dem Dach –, auf Tiere, die wie Monster aussehen und gefährlicher als Raubtiere sein können. Aber das ist nur eine Hälfte ihres Wesens. Die andere Hälfte ist voller Sehnsucht nach Zuneigung. Ich habe mit diesen Kreaturen Freundschaft geschlossen und ihr Vertrauen gewonnen. Und ich habe sie sehr gern."

Unter den staunenden Kindern und Eltern war absolute Stille eingetreten.

„SIBA hat mich angezeigt, und als ich die Polizei auf die verbotenen Züchtungen aufmerksam gemacht habe, hat die Firma die Tiere verschwinden lassen. Ich stand als Lügner und Betrüger da, dem noch dazu der Diebstahl von Forschungsergebnissen in die Schuhe geschoben wurde. Und dann hat mir das Unternehmen ein Angebot gemacht: Wenn ich den Mund halte, sollte ich die Tiere bekommen, die sie gezüchtet hatten. Eines – Lisa – ist bereits hier. Mit dem Geld, das wir mit der Erprobung des Intelligenztrainings verdienen, können wir auch alle anderen Tiere auf die Insel bringen und ihnen ein würdiges Leben bieten."

Ola ließ seinen Blick über die Gesichter der Leute streifen. Er wirkte müde und erschöpft. In der ersten Reihe saßen die Knickerbocker. Poppi war die Erste, die in die Stille hinein zu klatschen begann. Bald stimmten auch die anderen in den Applaus ein. Ola war gerührt. Er wusste, dass er weitermachen und seine Tiere retten konnte.

Später saßen die vier Knickerbocker-Freunde mit Dagmar, ihrem Stiefvater und ihrer Mutter zusammen. Dagmar starrte auf ihre Hände und zog nervös an ihren Fingern.

„Ich … ich war wohl ganz schön blöd", meinte sie beschämt.

Gleichzeitig legten ihre Mutter und ihr Stiefvater den Arm um ihre Schultern. Erstaunt blickte Dagmar auf. Von ihrem Stiefvater hätte sie das nie erwartet.

„Blöd war ich", gestand er. „Blöd, weil ich immer gedacht habe, dass das Wichtigste im Leben gute Leistungen in der Schule sind. Ich habe wirklich nicht geahnt, unter welchen Druck ich dich setze, Kind. Es tut mir so leid! Ich kann dir nur sagen, wie gerne ich dich habe. Ganz egal, welche Noten du bekommst. Eine Tochter wie dich habe ich mir immer gewünscht."

Dagmar rollten Tränen über die Wangen.

„Aber … aber wie konnte Oliver das tun?", schluchzte sie.

Er war es gewesen, der sich die Sache mit dem Buch für Dagmar ausgedacht und gemeinsam mit seinem Freund Karl durchgezogen hatte. Er hatte Eric überfallen, der ihn natürlich als Franziskas Schwarm erkannt hatte.

Er hatte seine Cousine fertigmachen und dazu bringen wollen, dass sie die verbotene Tür öffnete und das Tier erschreckte. Sie sollte von dem unglücklichen Wesen angefallen und lebensgefährlich verletzt werden.

Dagmars Mutter kannte auch den Grund für Olivers grauenhaften Plan. „Sein Vater, dein Onkel Gottfried, ist doch vor Kurzem verstorben“, sagte sie. „Er hat dir sein ganzes Vermögen vermacht, weil er von seinem eigenen Sohn nichts gehalten hat. Oliver war außer sich und wollte dich aus dem Weg räumen, um an das Geld heranzukommen!“

Dagmar sah ihre Mutter ungläubig an. „Heißt das, dass ich reich bin?“, fragte sie.

Ihre Mutter nickte.

„Und darf ich einen Teil des Geldes Ola für sein Projekt hier auf Saltkan geben?“

Ihre Mutter nickte abermals. „Natürlich, wenn du das möchtest.“

„Ja, ich will!“, sagte Dagmar bestimmt.

„Klasse!“, meinte Poppi anerkennend.

„Seid ihr sehr sauer, weil ich total durchgedreht bin?“, flüsterte Dagmar. „Aber es war wie ein Albtraum. Alles, was das Buch mir angekündigt hat, ist eingetreten. Ich … ich konnte nichts dagegen tun – deshalb habe ich euch auch angerufen.“

Dominik kannte die Geschichte. Er hatte sie in Dagmars Tagebuch gelesen.

„Weißt du, es gibt zwei Wörter, die so eine Sache regeln", erklärte Axel.

Dagmar sah ihn gespannt an.

„Vergiss es!", sagte Axel.

Lilo, Poppi und Dominik begannen zu lachen und Dagmar stimmte zaghaft ein.

Die Knickerbocker-Bande hatte herausgefunden, was sich hinter der verbotenen Tür befand. Jetzt freuten sie sich auf ein paar erholsame und lustige Ferientage auf der Insel, die sie dringend nötig hatten. In drei Wochen begann wieder die Schule.

Dass ihnen der Schulanfang einen neuen Fall bescheren würde, ahnten sie freilich noch nicht ...*

---

*) Siehe Knickerbocker-Abenteuer Nr. 47: „Das Phantom der Schule spukt weiter"

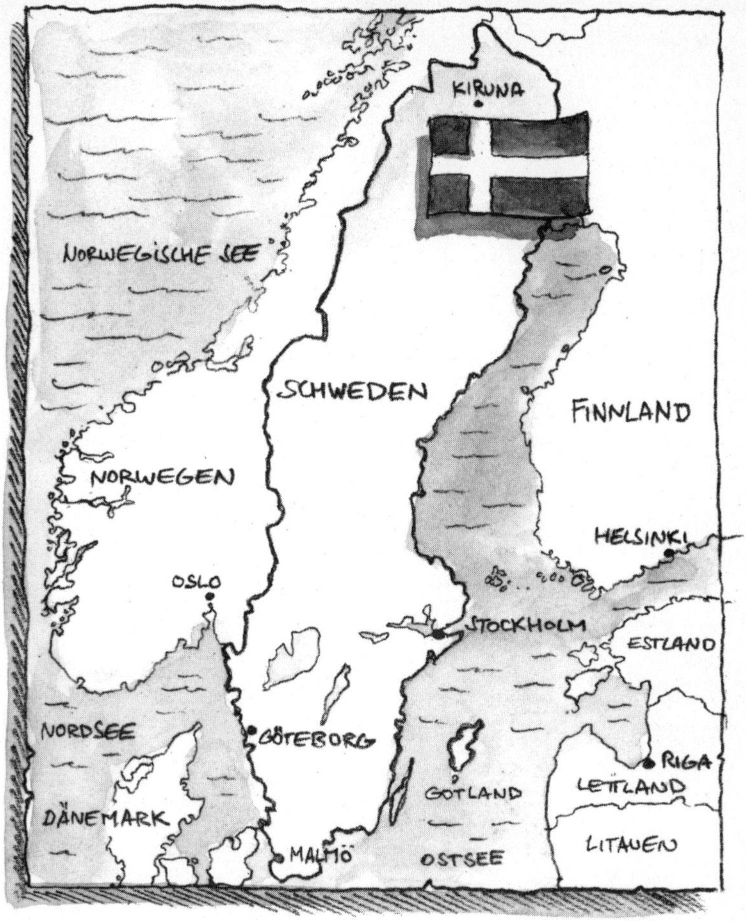
KIRUNA
NORWEGISCHE SEE
SCHWEDEN
FINNLAND
NORWEGEN
HELSINKI
OSLO
STOCKHOLM
ESTLAND
NORDSEE
GÖTEBORG
RIGA
GOTLAND
LETTLAND
DÄNEMARK
MALMÖ
OSTSEE
LITAUEN

DIE KNICKERBOCKER BANDE

DER KNICKERBOCKER-BANDENTREFF

Werde Mitglied im Knickerbocker-Detektivclub!
Unter *www.knickerbocker-bande.com* **kannst du dich als Knickerbocker-Mitglied eintragen lassen. Dort erwarten dich jede Menge coole Tipps, knifflige Rätsel und Tricks für Detektive. Und natürlich erfährst du immer das Neueste über die Knickerbocker-Bande.**

Hier kannst du gleich mal deinen detektivischen Spürsinn unter Beweis stellen – mit der Detektiv-Masterfrage, diesmal von Dominik:

WERTE KAMERADEN!

Axel würde jetzt sagen, dies war ein „oberkrasser Fall“. Auch wenn ich seine Wortwahl nicht billige, kann ich mich ihm nur anschließen. Am Ende stand Lilo, Poppi und meiner Wenigkeit das Wasser buchstäblich bis zum Hals. Ich dachte schon, auf dem Felsen im Meer würde mein letztes Stündlein schlagen. Die Polizisten, die uns gerettet haben, hätte ich am liebsten an meine Brust gedrückt – und wie ihr wisst, ist dies sonst gar nicht meine Art.

Apropos Art, oder vielmehr Tierart:
Wisst ihr noch, was Poppi an der Beschreibung
der Speikobra stutzig gemacht hat?

Die Lösung gibt's im Internet unter
www.knickerbocker-bande.com
Achtung: Für den Zutritt brauchst du einen Code.
Er ergibt sich aus der Antwort auf folgende Frage:

Welches europäische Land hat keine Schäreninseln?

Code	
90177	Finnland
43651	Norwegen
47160	Ungarn

Und so funktioniert's:
Gib jetzt den richtigen Antwortcode auf der Webseite
unter **MASTERFRAGE** und dem zugehörigen Buchtitel ein!

Man hört voneinander!
Euer

Dominik

HALLO THOMAS!

Wolltest du schon immer Schriftsteller werden?
Zuerst wollte ich Tierarzt werden, aber ich habe beim Studium schnell erkannt, dass das kein Beruf für mich ist. Geschichten habe ich mir immer schon gerne ausgedacht und geschrieben habe ich auch gerne. Allerdings nicht in der Schule, denn meine Deutschlehrer waren immer nur auf Fehlerjagd. Geschrieben habe ich mehr für mich und durch viele Zufälle ist aus dem Hobby ein Beruf geworden.

Wie lange brauchst du für ein Buch?
Ganz unterschiedlich. An guten Tagen schaffe ich etwa zwanzig Buchseiten. Es gibt auch Tage, an denen ich nur wenig schaffe. Trotzdem setze ich mich immer hin. Ich höre übrigens immer mitten im Satz zu schreiben auf. Am nächsten Tag fällt das Anfangen dann viel leichter.

Erfindest du alles, was in deinen Büchern steht, oder recherchierst du viel?
Natürlich recherchiere ich, wenn es das Thema verlangt. Sehr gründlich. Das ist auch wichtig für mich, weil ich mich sonst beim Schreiben nicht sicher fühle. Zum Recherchieren bin ich schon U-Boot gefahren, durfte einmal als Flug-
schüler ein kleines Flugzeug steuern, habe einen Sturzflug miterlebt, Tierpfleger bei der Arbeit begleitet, lange

Gespräche mit Tierschützern geführt und viele Städte und Länder bereist. Die Geschichten selber entstehen natürlich in meiner Fantasie.

Woher nimmst du eigentlich deine Ideen?
Hm, das ist mir selbst ein Rätsel. Sie kommen ganz einfach. Ich ziehe Ideen an wie ein Magnet … Ich halte Augen und Ohren weit offen und fange sie auf diese Weise ein. In meinem Kopf reifen sie dann. Manche ein paar Wochen, andere ein paar Jahre. Von tausend Ideen setze ich aber nur vielleicht dreißig um. Ich sammle ständig und überall. Oft genügt ein winziger Anstoß und auf einmal wächst daraus die Geschichte.

Entstehen deine Geschichten erst beim Schreiben am Computer oder hast du sie schon vorher ganz genau in deinem Kopf?
Mehr als zwei Drittel sind fertig, wenn ich mich zum Schreiben hinsetze. Ich notiere jede Idee in einen Mini-Computer, den ich immer dabeihabe, aber nur aus einigen werden dann Geschichten. Manchmal braucht das „Wachsen“ ein paar Wochen, manchmal ein paar Jahre.

Was ist das für ein Gefühl, wenn man so bekannt ist?
Ich finde es toll, wenn ich Briefe und E-Mails von Lesern bekomme, die mir erzählen, wie viel Spaß und Spannung sie beim Lesen hatten. Das ist für mich ein wunderbares Gefühl. Schließlich schreibe ich nicht, um bekannt zu sein, sondern weil es für mich die tollste Sache der Welt ist.

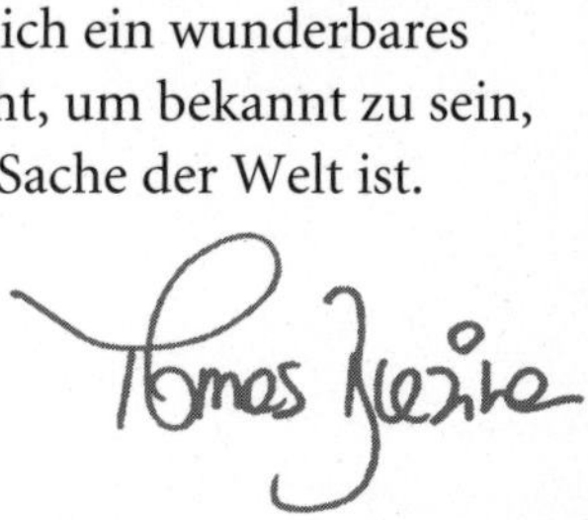

Ravensburger Bücher **von Thomas C. Brezina**

Habe ich	Fehlen mir		ISBN 978-3-473-
○	○	**Das Diamantengesicht**	47157-7
○	○	**Das Gold des Grafen Drakul**	47128-7
○	○	**Das Internat der Geister**	47095-2
○	○	**Der Computerdämon**	47098-3
○	○	**Der Turm des Hexers**	47088-4
○	○	**Das Amulett des Superstars**	47124-9
○	○	**Wenn der Geisterhund heult**	47089-1
○	○	**Das Mädchen aus der Pyramide**	47090-7
○	○	**Spuk im Stadion**	47096-9
○	○	**Im Bann des Geisterpiraten**	47099-0
○	○	**Die Monstermaske der Lagune**	47125-6
○	○	**Der Meister der Dunkelheit**	47130-0
○	○	**Der Spinnenmagier**	47155-3
○	○	**Das Kabinett des Dr. Horribilus**	47127-0
○	○	**Das Geheimbuch für Detektive**	47139-3
○	○	**Auf frischer Tat ertappt!**	47158-4

Ravensburger

KBB_10_015

DIE KNICKERBOCKER BANDE

LESEPROBE

„Hallo“, sagte Poppi schwach.

Der Balletttänzer antwortete nicht, sondern atmete nur keuchend.

„Alles in Ordnung?“, erkundigte sich Dominik.

„Haut ab!“, zischte Thorsten, richtete sich auf und ging mit schnellen Schritten davon.

„Dein Angebeteter ist nicht gerade sehr charmant, im Gegenteil, er ist ein echter Griesgram!“, stellte Dominik trocken fest.

„Normalerweise ist er ganz anders“, verteidigte Poppi den Tänzer. „Mit dem stimmt etwas nicht. Wahrscheinlich hat ihm die Drohung der Frau Angst eingejagt.“

„Vielleicht ist Klara durch ein Fenster geklettert

und hat ihm in dem Zimmer aufgelauert“, fiel Dominik ein. Er ging sofort los und drückte die Klinke herunter.

„Und?“ Poppi hob fragend die Augenbrauen.

„Abgesperrt! Thorsten muss wohl abgeschlossen haben!“

„Hat er nicht, das wäre uns doch aufgefallen“, entgegnete Poppi.

Dominik hatte Lust, der Sache auf den Grund zu gehen. „Ich finde, wir sollten Thorsten aus Sicherheitsgründen nicht aus den Augen lassen“, erklärte er mit entschlossener Miene.

Poppi nickte mit ernstem Gesicht.

Dominik führte sie durch weitere lange Gänge, ein kahles, unfreundliches Treppenhaus und mehrere Brandschutztüren aus Metall. Dann kamen sie zu den Garderoben, wo sich die Sänger und Tänzer umzogen.

„He, nicht ... hier können wir nicht stören!“ Poppi packte Dominik am Ärmel.

„Mach die Augen zu, falls er nackt ist“, riet Dominik ihr grinsend und öffnete die Tür.

Aber Thorsten war nicht da. Die Garderobe, an der sein Name stand, war leer.

„Er ist vermutlich im Probenraum“, fiel Dominik ein.

Auf der nächsten Treppe begegnete ihnen eine stattliche und mütterlich wirkende Frau. Sie drückte Dominik sofort an sich und streichelte ihm über den Kopf. „Mein Bubi, spielst du auch wieder hier bei uns?“

Poppi konnte sich das Lachen kaum verbeißen. „Bubi! Das muss ich mir merken“, raunte sie Dominik zu und erntete dafür einen giftigen Blick.

„Lotta, haben Sie Thorsten Tempinsky gerade gesehen?“, erkundigte sich Dominik.

Die Frau nickte. „Er ist auf der Bühne. Das Bühnenbild für heute Abend steht schon und Thorsten übt noch ein bisschen. Das macht er immer vor großen Premieren.“

Die beiden Knickerbocker bedankten sich und gingen weiter in Richtung Bühne.

„Wer war denn die Dame, Bubi?“, fragte Poppi spöttisch.

„Lotta, die für alle Kostüme zuständig ist. Sie kennt wahrscheinlich jedes Kostüm, das jemals von einem Sänger oder Tänzer getragen worden ist“, erklärte Dominik.

An der Tür, die zur Bühne führte, stand in riesigen Buchstaben: *Zutritt für Unbefugte verboten.* Über der Tür befand sich eine rote Lampe, die während der Vorstellung zur Warnung leuchtete.

So leise wie möglich zog Dominik die Tür auf und bedeutete Poppi mit einer Handbewegung, ihm zu folgen. Bereits nach ein paar Schritten standen sie vor der kahlen Rückseite der Kulisse, die die italienische Stadt Verona darstellen sollte.

Auf der Bühne herrschte ein kaltes, ungewöhnliches Licht. An den Wänden und hoch über ihnen auf dem Schnürboden brannten zahlreiche Neonröhren.

Sie hielten die Luft an und hörten das Geräusch von schnellen leichten Schritten und Sprüngen. Geduckt schlichen die beiden Freunde bis zu einem Torbogen, durch den sie auf die freie Bühnenfläche blicken konnten.

Thorsten trug einen dicken grauen Trainingsanzug und hatte sogar gestrickte Stulpen über die Beine gezogen. Er summte die Musik, zu der er am Abend tanzen würde, und probte offensichtlich die einstudierten Bewegungen. Doch er schien nicht bei der Sache zu sein. Immer wieder stolperte er, blieb stehen, schimpfte leise und begann noch mal von vorn.

Und dann ging alles sehr schnell.

Auf dem Schnürboden über ihnen ertönte ein Geräusch, das an das Reißen von Stoff erinnerte. Dort oben hingen zahlreiche weitere Kulissenteile, die während der Vorstellung an Seilen heruntergelassen werden konnten.

Thorsten bekam nichts davon mit.

Dominik hob den Kopf und schrie warnend: „Pass auf!"

Doch es war zu spät.

Ein Teil eines düsteren Bogenganges krachte auf die Bühne. Obwohl er nur aus Holzlatten und bemalter Leinwand bestand, war er schwer und wuchtig. Er traf Thorsten an der rechten Schulter und schleuderte ihn zu Boden. Die Dekoration kippte um und begrub ihn unter sich.

Für den Bruchteil einer Sekunde war es auf der Bühne totenstill.

„Oh mein Gott!", flüsterte Poppi und schlug die Hände vor das Gesicht.

Vom Schnürboden kam das Geräusch flüchtender Schritte.

„Das war diese Klara! Sie hat ihn umgebracht!", stieß Poppi hervor.

Dominik reagierte schnell: „Du kümmerst dich um ihn und ich schnapp mir Klara."

Vor und nach den Vorstellungen, in denen er selbst mitgewirkt hatte, war Dominik oft herumgestrolcht und hatte das Opernhaus erkundet. Er kannte die verschiedenen Aufgänge, die Bühnenversenkungen und die Leitern, die sonst nur Bühnenarbeiter benutzen durften.

Obwohl Dominik alles andere als sportlich war, turnte er jetzt so schnell wie möglich eine Leiter hoch. Er wusste, dass es vom Schnürboden nur einen einzigen Ausgang gab, und wollte ihn unbedingt vor Klara erreichen. Und seine Chancen standen nicht schlecht. Klara musste nämlich über mehrere schmale, schwankende Stege balancieren, von denen einige Sackgassen bildeten. Dominik hörte, wie sie leise schimpfend immer wieder stehen blieb, weil sie umkehren musste.

„Dominik, er lebt noch!“, kam von unten Poppis Schrei.

Ich juble später, dachte ihr Kumpel und kletterte Sprosse für Sprosse weiter. Erst jetzt wurde ihm bewusst, was er tat: Er war kurz davor, eine Mörderin zu stellen. Aber was würde geschehen, wenn sie ihn angriff?

Ganz oben angekommen, beging Dominik einen schweren Fehler: Er warf einen Blick auf die Bühne, die ungefähr fünfzehn Meter unter ihm lag. Sofort musste er nach dem Geländer greifen und sich mit beiden Händen festklammern.

Er war nicht schwindelfrei.

Alles um ihn herum begann sich zu drehen. Er

hatte das Gefühl, vom harten Bühnenboden magisch angezogen zu werden. Es war, als würden seine Füße immer weiter nach vorn rutschen. Außerdem bekam er keine Luft mehr.

Wieso hatte er das getan? Was brachte es, wenn er Klara den Weg abschnitt?

Die Tür, durch die die Frau gehen musste, lag direkt hinter ihm.

Rechts hörte er jemanden über einen der Stege trampeln. Er drehte den Kopf in diese Richtung und versuchte, Klara ausfindig zu machen, konnte aber nichts erkennen.

War sie in Deckung gegangen? Oder täuschte er sich nur?

Die Schritte waren verklungen.

Mutig fasste Dominik einen Entschluss: Er drehte sich kurz nach hinten und schätzte die Entfernung zur offenen Tür. Es mussten ungefähr drei Meter sein. Das würde er schaffen. Er wollte das Geländer loslassen, die erleuchtete Türöffnung genau anpeilen und losrennen. Hatte er erst wieder festen Boden unter den Füßen, war er in Sicherheit. Und Klara würde er ganz einfach auf dem Schnürboden einschließen, bis die Polizei sie holen kam.

Im Stillen zählte er bis drei, dann stürmte er los, den Kopf gesenkt wie ein angreifender Stier. Doch er kam nicht bis auf den Gang hinaus. Dominik prallte gegen ein Hindernis, das plötzlich aufgetaucht war. Hände packten ihn. Eine legte sich sofort über seinen Mund, die andere krallte sich in seinen Nacken und drückte seinen Kopf nach unten, sodass er nicht sehen konnte, mit wem er es zu tun hatte. Konnte das Klara sein? Er traute ihr so viel Kraft nicht zu.

„Loslassen!“, keuchte er.

Aber der Angreifer dachte nicht daran, sondern drückte die Finger noch fester in Dominiks Haut. Es tat höllisch weh.

Hinter ihm krachte es erneut und dann noch einmal und noch einmal. Poppi brüllte aus Leibeskräften, doch Dominik konnte ihr nicht zu Hilfe kommen.

Auszug aus
„Das Diamantengesicht“
von Thomas C. Brezina
Krimiabenteuer Nr. 53
ISBN 978-3-473-47157-7